世间的因

吉雪萍 著

浙江文艺出版社
Zhejiang Literature & Art Publishing House

谨以此书献给我的女儿舒怡

当跑的路,你已经跑尽。留下的路,妈妈会继续……

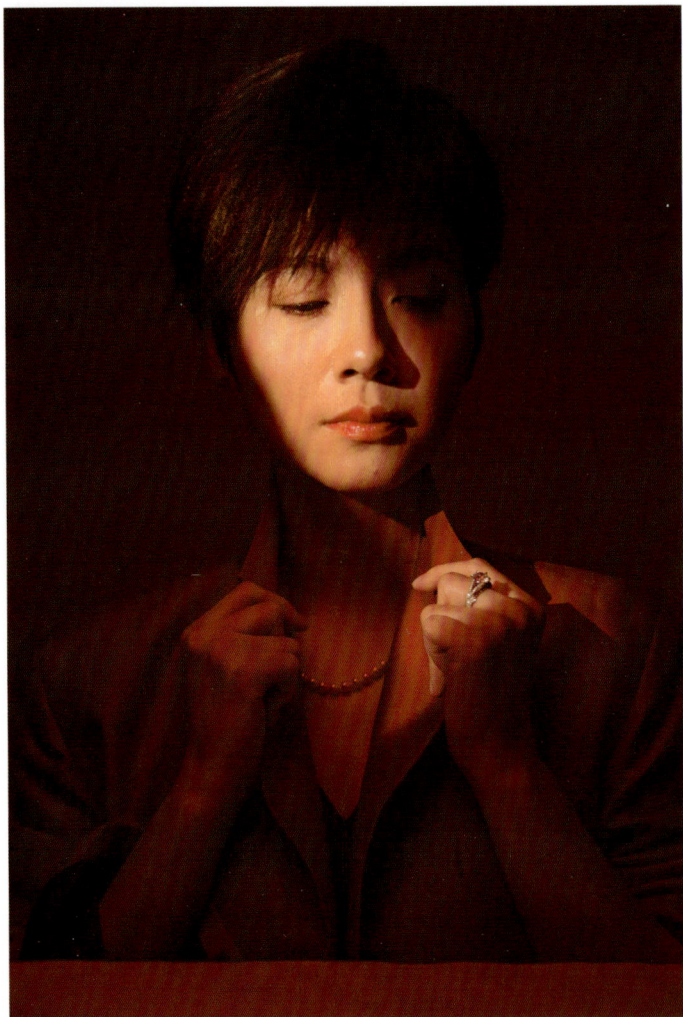

曾有十几年，我在煎熬中度过

觉得人生是一条没有尽头的黑暗隧道，永远走不出去

事后感慨，日子过得虽坎坷，却也不失精彩
以往度过的每一天，认识的每一个人，经历的每一次成功或失败
今天看来都是真利益，心中深深感恩

人到中年，驻足回眸，因果不虚

本书一部分记录了我自省的过程

一部分是作为母亲这个角色的经历和成长

一部分是分享"感因系统"——我走出困境的方法

你当下的因，正是你未来的果

我希望通过文字来表达、梳理这"世间的因"

用自己的经历和思考传递对"因果"的感悟

每个人的生命都是华丽的乐章

我们各自是自己此生的主人

如果你正经历着人生的反思，正努力探寻生命的意义

愿你读后欢喜

他序 为雪萍的高傲喝彩

1

雪萍是我来到上海后，间接因为工作认识的。那时候我还没有做主持人，和电视也没什么渊源，偶尔通过自己的舞蹈作品以及电视节目的采访，和雪萍有些交流。

第一次见到她，便觉得是一个特别高傲的女生——不是那种焦躁自满、自以为是的高傲，而是一种"我知道我在干什么，我是用'理'来跟你讲话"的冷静和理性，让人很是舒服。

这戳中了我的点，我这辈子最喜欢跟讲道理的人在一起。

虽然她带着理性的高傲，但她那扑闪扑闪的大眼睛告诉我，我们可以聊天，可以探讨，可以分享。那时候我就知道，这个女人，我喜欢。

2

后来，听说她结婚了。我没有八卦地去打听她嫁给了什么

1

样的人，我一点儿都不担心，我相信，像她那样有着一双聪慧的大眼睛的女孩，肯定会选择适合自己的家庭和婚姻——有些主持人是把自己的爱情婚姻当作"项目"去完成的，而雪萍，她会将婚姻当成一本日记或一本书去用心书写。

再后来，我成为所谓的"业余"主持人，不在电视台体制内，所以对体制内的主持人有了一种距离感。然而在那么多主持人当中，雪萍始终是我很喜欢的一个。而且每次见面，这份喜爱都会逐渐增加。

渐渐地，我们在做电视节目的过程中互相了解。我去过她主持的《家庭演播室》，带着先生汉斯和她一起在现场聊天，她也来过我家里采访。我并没有把她看成一个节目主持人，而完全是一位好朋友。在录制节目的环境里，仍然可以轻松舒缓地跟她分享我的生活、我的家庭、我的教育理念。

3

2018 年年底，我在上海和平饭店举办跨年晚宴，邀请雪萍夫妇过来参加，他们中了当晚的大奖——全家前往我意大利私宅度假的邀请函。然而，不知什么原因，他们都没有赴约。后来，我才知道，雪萍在 2019 年经历了一个人生重大的转折事件。我当时听说后，心里替她难受，觉得她承受了太多。

这个事件改变了她的很多方面，包括对人生的态度、对家庭的态度，乃至对孩子的态度。她变得更加成熟了。以往我只知道她很有自制力，很理性，却没想到，遭遇这么大的人生变故后，她会拥有如此强大的内心。

这让我有些吃惊，同时再次觉得，她真是我喜欢的那种女人，坚强、自知、克制，从不把热情浪费在没必要的地方。

4

当她对我说，要写这本《世间的因》时，我特别替她高兴。同时，心里又有点难受。难受是因为这本书源自她长期——我不想说"痛苦"这两个字——应该说是巨大创伤后的愈合感受。

是的，她通过几十年的人生经历和所坚持追求的教育事业，慢慢整理出了自己的亲子心路历程。她没有自私地锁在抽屉里，而是选择拿出来分享给所有对人生和家庭有困惑的人。这本书的意义远远超过了它本身的价值。我们每个人都是社会的一分子。社会的健康源于每个独立家庭的健康，每个独立家庭的健康则源于原生家庭父母和孩子之间关系的健康。

这本书如果早几年面世的话，我会从中学到更多——我是在懵懂中，像猜谜一样把我们家的三个孩子"猜"大的。我们家孩子和我没有血缘关系，都是收养来的。但我觉得任何一种亲子关系，对一个独立的人也好，对一个家庭也好，都特别重要。

因此，我不仅希望雪萍这本书大卖，更希望那些对亲子关系有困惑的父母，能够看到这本书。

5

感谢雪萍把自己的经历和认知分享给我们，这真是太好了。

我也给我自己鼓个掌，我看准的人，没错！

祝愿她生活顺利美好，永远保持自己的高傲。这份高傲，最棒，最美！

金星

2023 年 8 月 18 日

自序 看见生命的真相

1

这本书不是我的自传。

执笔时，我已经迈入了第四个本命年。若要以自传形式出版，首先单单我的经历实在不值得成书；另外，我静思，竟无法清楚描述我经历过的真相——我说的是"真相"。

我过去的认知，还停留在表象的记忆中，有些场景历历在目，有些人耿耿于怀，有些事挥之不去。从四十不惑，迈向知天命的年纪，我才渐渐能看清自己，看清过往，看清当下的周遭。许多回忆中的场景似乎日渐模糊，从另一个维度看，又好像越来越清晰。

曾有十几年，我在煎熬中度过，觉得人生是一条没有尽头的黑暗隧道，永远走不出去。但事后感慨，日子过得虽坎坷，却也不失精彩。

以往度过的每一天，认识的每一个人，经历的每一次成功或失败，今天看来都是真利益，心中深深感恩。

审视自己很难，没有自我觉察的生命是一种无明的混乱。如果你也觉得看到的、听到的、闻到的、尝到的、感受到的一切掩饰了事物真相，那我们可以聊聊，你可以看看这本书。书里，有我经历的"真相"。

2

这本书一部分记录了我自省的过程，一部分是作为母亲这个角色的经历和成长，一部分是分享"感因系统"——我走出困境的方法。

这本书也会公开一些关于我身份的"真相"。我有幸被大家记住，主要因为十几岁时出演的那部电视剧《十六岁的花季》，大学毕业后又有在央视（中央电视台）和东方卫视做主持人、制片人的经历——这二十多年，很多人只知道我是个媒体工作者。其实，我还有另一个身份：教育从业者。

从 2002 年开始，到今年，我从事蒙特梭利 0—6 岁儿童教育已长达二十一年。同时，从事亲子教育、心理咨询以及相关内容培训也将近十年。媒体人和教育人这两个身份，就像我的左脚和右脚，一步一步带我走过岁月。

因为从事媒体工作，这二十多年我访问了几千个不同类型的个人和家庭，倾听精英们讲述成功背后的缺失，个人突破极限的高峰体验，得到之后的失落，永不放弃的坚定；也聆听普通家庭讲述对命运不公的愤怒，"健康平安才是真"的感慨。

因为从事教育工作，这些年来我陪伴了一批又一批 0—6 岁儿童家庭的成长。成长的问题总是让小家庭措手不及，无力应对。在亲子关系问题上，没有贫富差异，没有职业落差，只是在不同的舞台，上演同样的戏。然而有一点，所有的家长都会达成共识：儿童成长带来的挑战，绝不亚于职场。

后来我总结，在不同时空采访到的各类人群，他们都会不约而同地提及，人生中很多次为达成目标竭尽全力，但是结果却没有带来预期的身心体验；或者由于高峰体验产生的极端快感稍纵即逝，很快又陷入重新面对新一轮挑战的焦虑。

应对无常的生活，每个人都表现出对抗后的无能为力。

3

拥有的不一定持久，失去的却果决真实。他们的困惑，也令作为听众的我陷入了对自己和当下生活深深的反思。

生活中曾经经历过的困境，会让我们一次次误入歧途，掉进同样的陷阱，无法全身而退，总是遍体鳞伤。

我们都一样。

寻找解脱带来的焦灼情绪，操控着不同时空的人。脑海中的愤愤不平挥之不去。

为什么我不能成功?

为什么命运如此不公平?

为什么是我?

为什么努力也不能改变结果?

为什么他／她不爱我?

为什么他／她不愿意离婚?

为什么他／她背叛我?

为什么要生孩子?

为什么我生不出孩子?

为什么孩子不吃饭?

为什么孩子吃那么多?

为什么孩子不想读书?

为什么我的孩子不和我说话?

为什么我的孩子不如别人?

为什么他们不理解我?

……

不光是眼前的问题,随着时间推移,问题还会层出不穷。
生活里好像只有一连串"为什么",却没有理想的完美答案。

到底应该怎么做才能长久地欢喜?

我问自己,也问别人。

二十多年蒙特梭利教育的实践,西方心理学庞大理论体系和迅速迭代的冲击，国学渊博智慧的影响……我在寻找"欢喜"的过程中，受到了不同知识体系和价值观的洗礼。我深信，这二十来年才是我一千亿大脑神经元建立连接的高峰期。

从表象走向真相，我用了二十多年，并且还在路上。我读着别人的故事，经历自己的修行。听得越多，学得越多，就越怀疑自己的判断，眼见不为实，耳听确为虚。"五色令人目盲，五音令人耳聋，五味令人口爽……"越是纷繁复杂，越看不清真相。所有针对虚假表象的解决方法，不可能阻断一次次的循环。

所以，解决问题的开始，是看见"真相"。

4

每个人的想法都是片面的。

我听过一个故事。一对夫妻到上帝面前去讨公道。两个人都说了一堆对方的不是，要请上帝给自己一个公道，惩罚对方。

如果你是上帝，你给谁公道？你惩治谁？

也许你能做的，只有同情他们俩。我想上帝也会。但是公平呢？如果停留在打压一个、高举一个的层面，很难解决问题。

每个人如果只从自己的角度看问题，就永远也找不到万全之策。上帝的视角就是站在更高的维度看到事物的真相。

那我们如何站得更高看得更远？如何摆脱情绪控制？如何获得真正的智慧呢？

我也曾同样被困扰过，直到我找到"感因系统"。

说我找到它，更准确地说，是它找到了我——我所有的经历让我有幸遇见"感因"。"感因有道，正身以用"，这是一个朋友学习运用"感因系统"后的赠言。我觉得很贴切，大胆借用她的智慧。

5

人到中年，驻足回眸，因果不虚。

我希望通过文字来表达、梳理这"世间的因"，用自己的经历和思考传递对"因果"的感悟。

每个人的生命都是华丽的乐章，每个人都有自己信奉的生命真谛和人生哲理。

我们各自是自己此生的主人！

如果你正经历着人生的反思，正努力探寻生命的意义，希望此书有利于你。

书是人类进步的阶梯，不是电梯，我这本书也只是你的踏脚石。如果这块踏脚石让你的生活有所借鉴，我与有荣焉。

如果你愿意学习分享"感因系统"，那我们是同道中人。

有缘人，让我们慢慢进入，静心，自在。

愿你读后欢喜！

目 录

第一部分 时光成长

第二部分　亲子教育

第三部分　感因系统

第四部分　世间的因

第一部分 时光成长

忘记谁说过我是金命，金命的成就过程是"火炼"。

我的童年记忆就开始于山阴路的红墙赤瓦。

那里的人和事把火的炽热化成了一抹温暖而厚重的玫瑰色，

滋养我的一生！

第一章 家人

昨晚，我做了个梦，又回到了山阴路。梦里，走在黄昏时分的弄堂里，路灯的暖光淡淡晕染，照不了太远。

路上没有人，我打着伞悠闲地往家的方向走去。

我的童年是彩色的

1975年，因为父母是知青，我出生在离黑龙江省哈尔滨市城区二十多公里外的阿城畜牧场。20世纪70年代末，大量知青返城，爸爸一个人把我从阿城带回了上海，妈妈则因为没有返城名额留在了黑龙江。我在山阴路开始了和爸爸、爷爷、奶奶一起生活的日子。

山阴路在我的记忆中，是酷热的夏天铺在地上的凉席、半夜奶奶不停扇动的蒲扇；是冬夜重得让我无法翻身的厚被子和一层又一层的衣服；是被窝里要躲着滚烫的汤婆子的小脚；是后窗每天清晨三四点就开始吵闹的菜市场；是傍晚变幻莫测的火烧云；是万寿斋五分钱的小馄饨、一毛二的小笼包；是虹口

3

区第三中心小学整点的上课铃声；是校门口卖琼糖（麦芽糖）和香烟画片的小贩……

记忆中，小时候没什么玩具，跳跳橡皮筋，踢踢毽子，玩玩游戏棒，就已经开心得不得了。现在的父母可能会认为那样的童年是匮乏的，但其实那时候，任何东西都可以成为我们的玩具。每每玩到天黑，听到奶奶从远到近地唤我回家吃饭，我才不情不愿地"拖着屁股"，一路闻着各家的红烧肉、干煎带鱼的香味晃回家。

上海的冬天最是阴冷。奶奶会早早地给我灌好一个满满的、烫烫的热水袋，提前放在被窝里。等我洗完脚，抖抖索索跳进被窝的时候，那一刻是最幸福的。奶奶不让我睡前看书，她说怕我把眼睛看坏了，可我觉得她就是为了节约电，所以，就缠着她给我讲故事。奶奶拍着我，没说几句我就睡着了，从来记不得她讲过的故事。

秋天，我会到处捡落叶，小心地洗干净夹在书里。还有捡树杈，和小朋友比谁的更有韧性，我会挑不是很粗带点绿的树枝，每次都可以赢几张香烟牌子。

春天，养蚕宝宝的时候到了，就爬树去摘桑叶。看着米粒大的蚕宝宝吃叶子，慢慢长大，作茧成蝶。

夏天最开心。晚上吃完饭，和奶奶拿着小板凳去鲁迅公园看露天电影，回来路上会偷偷摘几朵栀子花，一路嗅着花香，牵着奶奶的手，蹦蹦跳跳地回家。奶奶会说："公园的花不好摘的，摘花要被抓走的……"但她从来都不会吼我，大概在她看来，小孩子开心是顶顶要紧的。

后来，爸爸开始在家里养花，阁楼房顶上摆满了大大小小的花盆。爸爸负责细心照顾，我负责静待花开。养花是个精细活儿，我还和爸爸一起沤有机肥浇花——我俩定期向养鸽子的邻居讨要鸽子粪，和黄豆一起沤。那段时间，一开窗户就飘来有机肥的味道，那个销魂的味儿啊！到现在我还记得。

忘了爸爸是为了攒鸽子粪，还是真喜欢，后来他也养起了鸽子，还参加过上海往返广州的信鸽比赛。那段日子我放学回家，天天在阁楼阳台盼着信鸽归巢。

童年生活丰富多彩，我每天都忙得不亦乐乎。

在安安稳稳、平平淡淡的日子中，我自由而快乐地长大了。

山阴路，我的心灵家园

山阴路的童年记忆始终非常清晰，到现在回忆都是彩色的。

成长的时光是美好的，记忆也就温暖了——成年后我搬了好几次家，也在别的城市工作过，却还是会常常梦见山阴路，梦中的童年景象明亮而温暖，滋养着我每一个在异乡的夜晚。

我对上海这座城市的归属感，应该就是那个时候建立的。

归属感是一种与人相处的方式，一种我们和自己、他人以及周围世界联结的方式。

阿尔弗雷德·阿德勒说："我们每个人终其一生，都在追求归属感和价值感。"

人是需要归属感的，归属感从孩提时期开始建立。成人和儿童都会有归属感缺失的表现——缺乏归属感的儿童，常常会有不良行为表现，如哭闹，没有边界感，内在秩序紊乱，打扰他人，不听从指令等，要改善儿童的不良行为就要提高他们的归属感，当满足了归属感的需要，不良行为也就会得到纠正；缺乏归属感的成人在职场中缺乏主人翁意识和责任感，不能自觉接受和遵守群体规则。所以，归属感往往对成人拥有稳定的内驱力起到决定性的作用。

著名心理学家马斯洛的需求层次理论中提到，满足归属感是在保障基本的生理和安全后的重要需求。

"我属于这里，我被爱着，我很安全，我足够好，我充满力量……"

相反，被排斥、被孤立、长时间被否定、缺乏爱和认同、得不到关注等，就会造成归属感缺乏。

"我总是感觉不安；无论我做什么，都无法快乐；我不属于这里；没有人认可我；没有人需要我……"

所以，归属感是一种源于被爱的感觉。归属感直接影响幸福指数。

我是一个对环境归属感要求很高的人。曾经，我有过一段很煎熬的异地工作经历。在那个陌生的环境，我没有感受到认同、肯定和支持，最后我放弃了那个工作机会，离开了那座城市。当时的感受和山阴路给我留下的印象正好相反——前者是动荡的、疑惑的、不被认可、缺乏包容的环境；后者则是温暖的、有爱的、被认可、被支持的环境。无论我经历怎样的低谷，山阴路总能在瞬间安慰我，给我再次出发的底气。

如果妈妈有选择

看到这里，你一定觉得：山阴路的环境，对于我建立环境归属感而言太容易了。这样的童年过于完美，不真实——你说对了，这只是我童年生活的一个方面。

我也有一些灰色的记忆，它们对我的影响更深远：上小学前，照顾我生活的是奶奶和爸爸。家里少了一个最重要的角色——妈妈。

我两岁时，就和妈妈分开生活了。童年记忆里，我对妈妈的印象并不清晰，记得爸爸有时候会去邮局取从哈尔滨寄来的包裹，里面有我妈给我织的毛衣毛裤、做的棉袄，还有姥姥攒的卷子面、大米、黄豆……那时候粮食紧缺，什么都要凭票，这些都是姥姥、我妈和姨妈舅舅们从嘴里省出来的金贵东西。虽然生活里有妈妈的影子，但这些都不能弥补缺失的母爱。

那个特殊年代，知青返城十分艰难，最后是爷爷放弃了离休干部名额，才给妈妈争取到调回上海的机会。所以，直到小学后，我妈才几经周折和我们一起生活。

我和我妈远隔千里的那几年，正是我们母女彼此建立依恋关系的重要时期。虽然每年寒暑假我都会回哈尔滨和妈妈团聚，但每次见面都很生分，刚刚熟络了又要分开。聚聚散散都是折磨，我和妈妈的情感连接无法建立，更不用说相互依恋。

妈妈调回上海后晚上要和我一起睡，我都是熬到半夜偷偷又溜回奶奶的房间。爸爸说，当时我妈很伤心，哭了好一阵。这种无奈的母女关系，长年的分离，并不是我妈妈自己的选择。她怎么会不想和自己孩子一起生活？

在时代的洪流里，人的力量终究是渺小的。这是很多有同样经历的家庭共同的痛！

长大后，我和我妈再也没有长时间分开过。但我们也无法特别亲近，好像彼此之间隔了一层纱。这是我俩的遗憾，所以当时初为人母，我便竭尽全力地避免和孩子分开，甚至有些执念。出差的时候，只要当天能结束工作，再晚我也要赶回家，海陆空交通工具哪个快选哪个；出去旅行，我一定带上孩子；不是万不得已晚饭一定回家吃；夜里先哄孩子们入睡后，再做自己的事情；如果没赶上和孩子们说晚安，心里就会愧疚。

从事心理学工作后，我反思自己，这种行事风格与我童年缺失母爱有很大关系——有了孩子后，我的潜意识开始做自我内在修复，通过对照顾孩子的执着行为来补偿自己的缺失。因为没有得到，就要百分之百甚至更多地给到孩子，只能多不能少。

但是，由于在我的成长过程中缺失相关体验，所以对育儿行为掌握不好分寸，有时候是过激的。我先生了解我小时候的经历，他能理解我某些行为背后的原因：不仅仅是因为爱孩子，也是为了弥补自己童年的缺失。每当我在这些事上钻牛角尖时，他便提醒我放轻松，并鼓励我尝试享受自己独处的时间，不要为了孩子丢了自己。要感谢他当年给我的安慰和建议，让我今天依然可以活出自己。

近些年，我接触了一些有类似亲子关系问题的家庭——有些妈妈刚生完宝宝就要背井离乡，无奈地选择母子分离去异地工作；有的妈妈之前因为种种原因，错过了0—6岁亲子关系建立的最佳时期，现在遇到了孩子产生严重的青春期问题的情况，家庭动力系统混乱……

妈妈们找不到出路，接受不了现实，也不知如何改变。无论她们的身份地位如何，没有了孩子的陪伴，母亲就像飘零的蒲公英，飞得再高也是离开了根。面对推开她们的孩子，妈妈们的情绪会崩溃，瞬间便跌入谷底。

我知道她们来找我咨询，都想要一剂良药，期待药到病除。可惜，我没有。如果谁说有，那他一定是个骗子。冰冻三尺非一日之寒，日积月累的问题如何能一招摆平？成人和孩子都没有经历反思，没有重新建立正确的认知体系，行为没有任何改变，问题是不可能得到解决的。

改变是个痛苦的过程，从有勇气面对现实开始，从放弃对那剂良药的幻想开始。自我反省，提高认知，改变以往的习惯性思维，这是父母成长的必经之路。

先试着问自己几个问题，并用纸笔记录下答案：

你能原谅自己曾经错过良好亲子关系建立的最佳时机吗？

你能正视你和孩子现在的关系吗？

你能匹配得上你孩子的思想吗？

你能接受孩子是个独立的人，并尊重他吗？

你能有耐心面对并接受暂时解决不了的亲子问题吗？

你能从现在开始改变自己的认知吗？

你愿意学习吗？

……

当年我妈是别无选择，今天的妈妈们，你们可以鼓起勇气把孩子放在第一位吗？

如果你和孩子错过了0—6岁这个建立亲子关系的最佳时期，现在又想改善和孩子的关系，那就从当下开始，从自己着手。父母改变了，孩子就会改变，彼此的关系也会改善。

如果你的孩子正好处在0—6岁——越小越好——恭喜你，你还有足够的时间去建立让人一生受益的良好亲子关系。千万别错失良机，亲子关系绝不该在你创造完人生辉煌后才去建立。

亲子关系建立的基础是亲密关系，需要感官、感受、感觉的满足。0—6岁是建立依恋关系的敏感期。孩子需要和父母在一起生活，在一个桌上吃饭，在妈妈怀里撒娇，感受妈妈和爸爸的温暖、呵护。

良好的依恋关系不仅让儿童有归属感，同时会产生"镜像效应"，使儿童通过模仿成人的行为，进行自我修正。这需要时间的积累，加上真实的感受和日常生活的打磨。其中，0—3岁是儿童和母亲建立依恋关系格外重要的时期，与儿童之后建立自信、认同自我、形成独立健康的人格等有直接关系。

"在敏感期间，儿童受到一些不可抗拒的内在力量推动，刺激他对周围环境的不同物体产生兴趣。实际上，这种内在的力量就是对环境的爱。它并不是一种情绪上的刺激，而是一种知性的欲望或爱，促使儿童去看、去听、去发展。"教育家、蒙特梭利教育法创始人玛利亚·蒙特梭利女士如此认为。

亲子关系是双向的。良好的亲子关系，也会让父母成为受益者。亲子关系良好的孩子，自信、勇于挑战、有边界意识、情绪稳定；亲子关系良好的成人，也能从关系中获得支持，儿童能激励成人更好地履行家庭角色和社会角色，妈妈更温柔，爸爸更强大。

因果不虚，只要你付出，就会有回报。

有奶奶的日子，就是幸福

1999 年，我大学毕业离开上海，在北京开始工作和生活，对家乡和家人的思念日积月累。我经常周五买红眼航班飞回上海，周一买最早的航班飞回北京，可怜的一点点工资全都交给了航空公司。回到上海，除了疗愈乡愁外，我偶尔会回到山阴路，走走看看。奶奶当时因为严重的类风湿关节炎和阿尔兹海默病住进了老年公寓，山阴路没了我牵挂和牵挂我的人。

我去老年公寓看奶奶，她时常意识模糊，反复问我是谁。旁边的护工会大声地说："这就是你每天都在说的最有出息的孙女呀！"奶奶认不得我了，我没有伤心，反而很愿意有一句没一句地和奶奶聊天。这让我很轻松，总是暂时忘记了回程的时间越来越近。

2000 年，正值世纪之交。我在央视忙得昏天黑地，出差、节目录制紧密衔接。我没有时间回上海。一天晚上，我在办公室加班，传呼机响了，一看是我爸妈让我尽快回电。当时，我没有手机，办公室只有一部电话可以打长途，打长途需要向组长申请。我拿起电话，组长没有阻止，给我一个眼神，意思是让我长话短说，我心领神会。

我有种不祥的预感。绝大多数的父母都一样，没有大事一定不会打扰孩子的工作和生活。电话打回上海，噩耗传来。家里人告诉我，奶奶凌晨过世了。

我从小跟着奶奶长大，奶奶最疼我，现在奶奶走了，我是一定要回去的。我那股子执拗劲儿又上来了。挂了电话，我没和任何人商量，就订了回上海的机票。从我的角度而言，这是必须做的决定，但是就工作来说，我的决定是冲动且不负责任的。庆幸的是，台里准了我几天假，允许我回上海为奶奶奔丧。

　　踏上回家的路，我有了回忆的时间。脑海里一幕一幕呈现奶奶和我相处的场景。

　　当年，爸爸带着我一个人从黑龙江回到上海，顶替我奶奶进了工厂当货运司机，周末开旅游车在上海周边旅游景点赚外快。爸爸早出晚归，上下班没有准点儿，非常辛苦。在山阴路的日子，我每天围在奶奶身边，从那时起，奶奶就是我心里的依靠。

　　记忆中，奶奶个子不高。因为我抬头和奶奶说话再久也不觉得累，也可能是因为奶奶总是弯下腰看着我吧。出门前她总是把齐耳短发梳得一丝不乱，有时会往手心里滴一两滴四季牌头油。奶奶没什么好衣服，我也不记得她穿过皮鞋，一双黑色横搭襻布鞋穿了很多年。她口袋里总会放一块干净的手绢，叠得整整齐齐，穿着也清清爽爽。只要看奶奶的背影就知道这是一个利索的人。这点我深受她的影响。

　　奶奶对我的爱，毫无保留。她每天上午都会送我去幼儿园，等下午接我的时候总会带一个茶缸，里面装上一两个小笼包，打开盖子时仍然热气腾腾，我边走边吃。

冬天，她会在被窝里把我冰凉的小脚放在她的怀里。夏天，在闷热的阁楼里，她会整晚帮我扇扇子、赶蚊子。我生病了，爸爸不在家，奶奶会背着我去第六人民医院。周末天气好，奶奶会带我去四川路逛逛马路，吃吃虹口糕团店的条头糕。

上小学前，我天天就是玩，在弄堂里到处跑。上海人不习惯随便串门，没有受到邀请就上门，是很唐突的行为。我们小孩子不管，不敲门撩起帘子就冲进去又冲出来，身后是阿姨妈妈们的尖叫。奶奶和我说过很多次，我是知道规矩的，只是不愿意守规矩。奶奶说教是一直有的，我时常嫌奶奶啰唆，她话说了一半，我又冲出门了。但是，奶奶的话我都记在心里，知道什么是底线，决不越雷池半步。

我的奶奶非常爱我，脾气又好。别家的孩子要是闯了祸，回家就等着"竹笋炒肉"，少不了被大人一顿胖揍。奶奶却从来没有打骂过我。

有奶奶的日子，就是幸福。

一天早上，我在后窗旁端着一大碗豆浆喝，探头看楼下菜市场的热闹。一不小心，一碗豆浆从三楼翻了下去，正好溅在一个年轻女人身上。我害怕极了，缩头就跑。结果人家还是找上门来，吵嚷着让我奶奶给她擦干净。我的心提到了嗓子眼，躲在屋里，从门缝里偷偷看着奶奶蹲在地上，给她擦裤子、擦鞋，一个劲儿赔不是。我知道自己闯祸了，心中忐忑，同时也生出对那个女人的愤怒，很想自己冲出去承担这一切，但又不敢，因为确实理亏。

那个女人走后，奶奶爬上三楼，有一点责怪地对我说："你看把别人衣服弄的……以后喝豆浆要放在桌上喝……"我钻进奶奶的怀里哭了很久，不是为自己，是为奶奶替我承担了这一切而愧疚。

这段记忆深深刻在我的脑海里。我现在还能回忆起当时小小的我看到奶奶受委屈，内心愤怒不已又无能为力的感受。这就是情绪记忆。正如阿德勒所认为的，情感因素所起的作用，是其他任何经验都无法比拟的。情绪的力量很大，像水一样，可载舟亦可覆舟，左右着我们的行动。

回想起来，奶奶当时养育我的方式，真的很有智慧。她没有把我推出去面对那个女人的责怪，让小小的我承受不堪；也没有因为这件事警告我、惩罚我；没有告诉下班回来的爸爸，也没有反复唠叨指责我的错误。她只是告诉我如何做正确的事。奶奶能够理解，我不是故意打翻豆浆的，那是个意外，错就错在我不应该在窗口喝豆浆。所以，她教我学会正确处理生活中的意外并承担后果，她和善而坚定的态度，让我更愿意听从她的教导。

事情就这样结束了。我现在依然记得当时的情景，记得奶奶说的话——"喝豆浆要放在桌上喝"。

类似"豆浆事件"的例子还有很多，零零碎碎地留在记忆里。奶奶对我的教育并不是娇纵，她给我宽松的成长环境和足够的机会去挑战，同时也明确边界，温柔而坚定。

奶奶走后很多年，遇到类似的场景时，这些碎片记忆又会浮上来，触发我对奶奶的思念，同时也让我对照自己进行反思。

爸爸的惩罚

爸爸和奶奶不同。

上小学时，我贪玩没好好做作业，放学也不及时回家。有一次他气急动手打我，把爷爷练太极的木剑都打断了，我的书包也被他从三楼的窗户扔了出去。我哭着跑下楼，去抢救我的作业本和铅笔盒。奶奶也追下楼，和我一起捡地上的铅笔，默默陪我上楼。我不停抽泣，她啥也没说，没有数落爸爸的过激行为，没有火上浇油地帮腔，只是坐在我身边陪着我，让我觉得还有人可以依靠。

奶奶事后会和我讲道理，有理有据，有原则，有边界，让我心生敬畏。孩子情绪平稳的时候，才是说教的正确时机。

现在我自己做了妈妈，有几次也气急了，把儿子的书包扔到门外，任由他在走廊里声嘶力竭哭到求饶也不宽恕。事后，我很自责，也很遗憾那时候儿子身边没有一个我奶奶那样的长辈，安慰他，默默地陪伴他，给他希望，告诉他我们爱他。

那次被爸爸打过以后，深深的恐惧感留在了记忆之中。这也是情感记忆。阿德勒说，童年时期不愉快的经历，完全有可

16

能被赋予相反的意义。一件事情的发生，对儿童成年后的影响可能起到相反的作用——逻辑上，我不认可父亲打骂的教育方式，我在教育孩子上应该模仿奶奶的包容方式并积极进行引导。但事实是，当我儿子不听话时，我和当年的父亲一样被激怒，甚至连扔书包的行为都一样。儿时的场景深深进入了我的潜意识，在我情绪失控的时候，完全无意识地模仿了他。

我用我的行为解释了童年的这段经历对自己的影响。虽然我完全抵触这种惩罚式教育，却又不知不觉复制了这种伤害。那么我的儿子也有同样的经历，这种循环是否无法阻断？想到这里，我很惶恐。

奶奶平时很少有负面情绪，即使她受了委屈，也不会在我面前表现出来。由于生活方式不同，她有时会和爷爷发生争吵，通常奶奶说几句就默默走开了。我一直觉得，奶奶是一个内心很强大的人，她不会用语言和气势压制别人。她的"默默"更强大。

对比之下，这样的情绪管理我做不到。面对孩子的错误行为，我容易急躁，一有情绪就无法正确解读孩子错误行为背后的真正原因；面对别人的误解，我会有负面情绪，这让我不能在第一时间发现冲突的"真相"。

情绪是我最大的敌人。

爸爸和奶奶对我的教育最大的区别在于，奶奶是管教，爸爸是惩罚。惩罚不能达到管教的目的，如果成人能够尊重孩子，并且坚守原则，孩子是愿意追随的。

事实上，对我和我孩子的成长而言，打骂教育的后果都是一样的，惩罚只能由于孩子害怕而带来短时的效果。

很多父母育儿，就是在娇纵和惩罚两个极端之间左右摇摆。娇纵没有边界，或者标准一直在变，孩子就会陷入混乱，同时，利用模糊的边界挑战父母。经常被惩罚的孩子，要么变得极其叛逆，要么变得因恐惧而顺从。

挑战边界不是这个时代儿童才有的行为，这是古往今来所有孩子的天性，这是人成长的阶段性表现。如果你的孩子出现这样的"叛逆"行为，你应该高兴。你急切需要解决的问题不是如何压制孩子，而是怎样匹配孩子的成长。

很多对人类社会发展做出贡献的人，在童年时都不是乖宝宝。他们充满了创新的能量，加以正确引导就会非同凡响，一鸣惊人。

比如乔布斯的童年，大家都会用不幸与幸运来描述：不幸的是他刚出生父母就遗弃了他，幸运的是他遇到了一对很好的养父母。小时候的乔布斯属于特别好动，特别调皮淘气的孩子。上课时他有各种奇思异想，不服从老师的管理，不完成老师布置的作业，曾几次被学校勒令退学。

小学课本里"铁杵磨成针"描写的是诗人李白小时候逃学在象耳山下闲逛，被老妇人铁杵磨针的精神打动，回去完成学业的故事。

人类是为了自由发挥自己的潜能，才去挑战边界。既然是自由发挥，那就无法避免和现有边界发生冲突，结果也许是被边界征服而顺应，也许是成功打破旧边界，建立新秩序。

那么人从什么时候开始有能力挑战边界的呢？答案是两岁。

当他们可以独立行走，有语言能力表达内心，有自己的喜好，不再完全依赖成人，探索世界、挑战边界就开始了——他们不再是成人的"牵线木偶"，在与外界秩序的冲突当中建立了内心的秩序感。内在秩序建立好的儿童，更专注、更独立，懂得合理安排自己的时间和生活重心。

孩子在挑战边界的时候，会有三个过程：不知道什么是规则，了解规则，遵循规则。

观察力日渐增强的儿童，当他们开始变得特别"固执"，原因可能只是穿衣服和裤子的顺序不对，也许是给他的衣服折叠方式改变了，或者是吃早饭时坐在身边的人换了……他们因为一点点你眼中的小事哭闹不停，所有的"不正常"的表现大概率只是他们的秩序敏感期到了。这些打破秩序的细节都会让孩子感到焦虑、不安、痛苦。

建立内在秩序的过程是探索和挑战世界的前提。

孩子突如其来的对抗让我们不知所措，但这恰恰是孩子独立人格建立的开始，对于他在未来拥有更完整丰沛的生命，起到了至关重要的作用。作为成人，最重要的便是激发孩子的"超能力"。

所以像我奶奶那样，内心平静、温柔而坚定的亲密长者，叫我怎么能不依赖？

一起长大的小伙伴们

每个人的童年都有几个玩不厌的游戏，我最热衷的就是用凤仙花染指甲，在现在的城市几乎失传了。

要用凤仙花染一次指甲并不容易，一个人是完成不了的，必须团体行动。我在山阴路有几个很好的小伙伴，有男孩有女孩，任何一个人在楼下叫一声，其余几个就以最快的速度哧溜下楼，在弄堂口会合，一起商量今天玩啥：一起跳橡皮筋、打玻璃弹珠，或者拿着零花钱去烟纸店买鱼片干、话梅吃。

我们最喜欢用凤仙花染指甲。大家可以一起翻墙，去别人家的院子。那是个没人住的空院子，长满了凤仙花。每年凤仙花开时，这就是我们共同的首选活动。大孩子先爬，探探路，连拉带拽地把小个子拉上来。每次翻墙都有探险的感觉，紧张而兴奋，极大地满足了我们的好奇心。有时候我是探路的，有时候我是被拽的。

凤仙花是一种很特别的植物，同一株凤仙花会开出很多不一样颜色的花，红的、粉的、白的、黄的，最好上色的是粉红色的。用一个小碗，把摘下的凤仙花轻轻捣烂。我们没有碗，就地取材找石头和瓦片，清洗干净就能用。粉红色的液体渗出来，就可以敷在指甲上了。这个工作至少要两个人合作完成，一个人给另一个人包。我们用凤仙花的叶子小心翼翼地包好十根手指。

之后，就是等待。慢慢等待指甲上色的过程是最美好的。女孩们坐在门口的台阶上，阳光铺洒在各自的脸上，听着时强时弱的蝉鸣，跷着包好凤仙花叶子的手指，兴致勃勃地玩扮家家。男孩们就满院子追逐打闹。

玩不够啊，不想回家。童年的玩伴虽然已经散落在岁月中不见踪影，但他们在我的童年记忆里，每一个人都无法替代。

那个年代，家家户户都只生一个孩子，大人们忙着抓生产搞建设。每个孩子的脖子上都挂把钥匙，早早地自力更生。我是家中独女，要是没有这些弄堂里的小伙伴，我的童年该有多孤独啊。相比我们儿时的没人管，现在一个孩子被好几双大人的眼睛紧紧盯着，样样都被安排好。

我们当时就因为没有大人管，反而获得了单纯的儿童社交。不同年龄的孩子在一起相互陪伴，彼此学习，彼此关爱，彼此分享，让原本孤独的我们，感受到朋友的重要性。

其实，这就是蒙特梭利教育所提倡的混龄环境。混龄环境提供了一种类似兄弟姐妹的生活场景，避免了儿童对成人过多依赖、交往能力弱、没有合作能力、任性自私等问题。

玛利亚·蒙特梭利说："把人根据年龄分隔开来是一件非常冷酷而又不符合人性的事情，对于儿童也是如此。这样会打断社会生活之间的联系，使人与人之间无法互相学习。绝大多数学校首先根据年龄进行分班，这是一个非常大的错误。"

混龄的环境满足了儿童社会性发展的需求、语言发展的需求、主动学习的需求，避免了竞争的伤害。心理学家认为，在幼儿园以年龄划分班级的环境中，孩子间的能力和知识都差不多，特别是在统一的教学模式下，发展比较落后的孩子，会感觉到自己总是处于落后的位置，从而产生自卑感；一些优秀的孩子就会比较容易产生骄傲自大的情绪。

而在混龄环境中，能力差一点的孩子，能够在和年龄更小的孩子玩耍中得到乐趣和自信，而优秀的孩子，能够在年龄大一点的孩子那里学习到更多东西，榜样的力量凸显。年纪大的孩子可以充分展现自我，学会付出，懂得如何照顾别人；年纪小的孩子会天然地去模仿，促进语言和思维的发展。

阿德勒说："我们不能期待一个没有经历过合作训练的孩子，在面临一项需要合作的工作时，会有良好的表现。"

我常年接触蒙特梭利的教育环境，亲眼见证了蒙氏混龄环境对儿童成长的益处。对于无法接触到蒙氏教育机构的家长，其实同样可以为孩子营造类似的混龄场景。我们可以带着孩子去小区的儿童乐园、公园、运动场，还有每年的冬令营、夏令营等，参加少儿社会活动。只要孩子成群的地方，在保证安全的情况下，我很鼓励家长放手，让孩子在没有成人干预的儿童社交环境里，自由自在地成长。

在混龄环境里，你会观察到他们之间互相照顾、互相学习的过程，以及如何学会协作完成任务。你会发现，在混龄环境中学习和成长的孩子，比由父母单独养育的孩子更自信、更自主，他们习得新技能的速度也会更快。

　　所以，试着放手，静待花开。

第二章 花季

　　围绕《十六岁的花季》这部剧展开的话题，我是绕不过去的。虽然已经被问了三十多年，现在有人采访我的话，多多少少还是会提及相关话题。

　　采访我的人一般会说："我是看着你的《十六岁的花季》长大的。"

　　其实我自己也是这部剧的粉丝！

　　从 1990 年开始的每个寒暑假，各大电视台就开始轮番重播这部剧。放假我不爱出门，喜欢宅在家里。一边看《十六岁的花季》重播，一边吃五毛钱的泡面，这就是我假期的主打活动。我哧溜哧溜地吸着面条，就像在看别人演的戏一样，有时候真有点恍惚，忘记我就是"白雪"。

　　《十六岁的花季》里，高一（3）班的故事太美好了！陪伴了那么多人成长，也包括我们这些小演员的十六岁。

　　记得当年在戏剧学院时，老师说有的演员一生就吃一部戏的红利。我不服气，希望能再塑造几个角色，再次体验鲤鱼跃龙门的感受，突破《十六岁的花季》的光环。可事实证明，一部也没能超越《十六岁的花季》的影响力。

感恩上天的眷顾，让我获得这样的机会，我的人生也因为这部剧活出了不一样的精彩。

感恩"白雪"这个角色的魅力，引导我和她一样真诚、直爽、善良、悃愊无华。

感恩同龄人把对青春时光的美好记忆和我们联系在了一起，让我们也在你们眼中变得美好。

我一次又一次地回忆、讲述、梳理，那段青春时光好像从不曾失去。席慕蓉说"十六岁的花只开一季"，但是我的"花季"花开不败！

学习是件辛苦事

1989年的夏天，我十三岁，在上海市第三女子中学就读。这所市重点女中里，汇集了上海综合实力最强、学习成绩最好的女孩子们。小升初考进市三女中之后，我就给自己减负了，整个初一的学习节奏相当松散，对学习内容真的谈不上有兴趣。

那会儿教师按教案讲课，十分紧凑，加上每周两三门学科的随堂测验，我几乎没有喘息的时间。我原本就不是学霸，也没有什么高效的学习方法，就是死读书，死记硬背加刷题。班里有几个天选学霸，完全不同，轻轻松松就能应对自如，学得游刃有余，而我是光脚的追穿鞋的，早已感觉很吃力。

在市三女中，学习竞争很激烈。教师报随堂成绩要么从第一名开始顺着报名次，要么从最后一名开始倒着报名次。虽然不像《十六岁的花季》里面张贴成绩的红白榜单那么残酷，但是，每次公布成绩真的有"人为刀俎，我为鱼肉"的感觉！

这种环境下，面对同学间的高强度"厮杀"，要交个好朋友并不容易。女同学交友的主要形式是小团体，彼此是竞争关系的同时也有共同的"对手"。当然，也还是有比较单纯的友谊的，基本多见于成绩中等或者中下排名的同学之间。我是渴望和享受单纯友谊的一类。

放学回家后，赶在我妈下班前偷看一会儿电视，是一天中我最开心的时光。虽然有时只能看十来分钟，但是苍蝇再小也是肉啊！其他就都是学习时间了。

关于偷看电视这件事儿，估计每个人都有和家长斗智斗勇的经历。我妈的招数最厉害，进屋就摸电视机。那时候的老式显像管电视机，看一会儿就发烫，我妈下班一摸就知道我看没看，一抓一个准。

现在，我对付我的孩子们难度增加了，液晶屏怎么看都不会发烫，很难抓现行。后来，我索性在家里立了规矩，一周中，周一至周四放学后自己安排时间，完成作业、打篮球、下棋、骑车等各种活动都可以，但是不可以使用电子产品。周五和周六晚饭后可以看电视，自由选择，电影、卡通、纪录片、综艺都可以。我和孩子爸爸会陪同一起看，一方面一家人一起享受周末时光，一方面是对电视内容把把关。上有政策下有对策，他们还是会放学后偷偷开电视，有时候因为都要看自己选的节目，摆不平了还会打架，双胞胎弟弟会哭着找我们告状。后来，我只能拿走机顶盒，要看电视，就在周末用大人的手机投屏。

在孩子们还没有养成良好的时间管理习惯之前，家长需要以身作则，绝对不能双标。所以，这个规矩需要我们家里的每一位成员遵守且一视同仁。工作日大家各忙各的，周末我们全家一起放松。

一刀切的做法，并不是一成不变的，规矩在"特殊情况"下可以改变。比如，社会重大事件发生时，我们全家会一起看媒体新闻并讨论。再比如，孩子们学习新领域的知识，我们会借助媒体资讯更全面地了解相关知识。"特殊情况"的度要把握好可是一门艺术，没有定规。

不能自由安排时间和做自己想做的事，对每个人来说都是一种压力。人的天性当中有积极的一面，也有懒惰的一面。一成不变地持续这样的日常作息，会让人厌烦。压抑久了，孩子会挑战边界，和父母发生冲突。所以，生活也好，学习也好，都要给孩子提供调剂的机会。

我从在学校的被动学习，转换到进入社会后有目的的主动学习，每个阶段的学习体验都不轻松：没有目标的学习是无味的辛苦，目标不清晰的学习是无趣的辛苦，有自己明确目标的学习是坚持的辛苦——学习的过程都需要大量的精力和优秀的品质维持，这是一场和本能惰性的持久战。

所以，学习真的是件辛苦的事。

因此，每个人的学生时代或多或少都有厌学的时候，只是严重程度和持续时间不一样。那为什么我们的学生时代和我们的孩子都会有这样的阶段呢？我认为最主要的原因是学生受学习成绩单一价值观的影响——学习成绩好，大家就觉得他是好学生，反之就是差生。这种二元对立的思维方式，认知狭隘——人类的文化属性自然带有二元性，而二元对立就是人类矛盾和冲突的根源，也是我们每个人内心痛苦的根源。

因为认知狭隘，解决问题的方法也变得单一，华山天险一条路，学习不好就无路可走。所以，很多孩子只能选择逃避、放弃。如今，学生的厌学心理、空心病已经成为一种社会现象，受厌学困扰的家庭越来越多。

怎么办？

先建立正确的认知体系。我们应该和孩子一起重新解读学习的意义，一起发现学习诸多方面的价值——不只是体现在成绩上，学习也不局限于在学校。这并不违背"学生的主要任务是学习"的理念，孩子和成人都需要多维度地看待"学习"的真实含义。

结合我自己和咨询过我的青少年家庭的实例，我发现了一些影响孩子学习动力和价值感的共同因素，比如0—6岁时没有建立稳定的亲子关系，没有养成持续的内在秩序，成人过度关注，儿童在非学习阶段提前"被学习"，成长的敏感期没有被及时满足等。

媒体上也公布过一个针对青少年厌学原因的调查结果，内容包括性别、年龄、人际关系、父母管教、学习现状等维度。调查发现 800 名厌学的青少年中，35% 因为青春期逆反心理厌学；24% 因为学业压力厌学；20% 因为人际关系厌学；10% 因为家庭原因厌学；11% 因为社会原因厌学。因此，孩子厌学的情况牵涉到诸多因素，要改善自然也不是一蹴而就的。

让我们再找找自己的影子，透过现象看本质。原因有四：

其一：竞争。

这也是目前社会流行的通病，因此还诞生了一个流行词叫"内卷"。同学之间卷，教师之间卷，学校之间卷，家庭之间卷。"卷"造成孩子在学习成绩上过度竞争，竞争、排名代替了学习的意义，掩盖了获得知识带来的快乐。学习要培养的是人才，不是选手。

其二：对学业要求过高。

学习肯定需要设立目标，目标能给孩子指明努力的方向。目标设立得过高，孩子便得不到成功的体验，久而久之，就会怀疑自己的能力，丧失信心，学习内驱力也随之消磨。家长需要修正自己内心的期望值，善于观察孩子，和孩子多沟通，因人而异地把期望合理化。

其三：家庭关系也是消极因素的来源。

家庭成员的相互关系，对孩子学习情绪的影响不言而喻。夫妻关系、亲子关系、隔代关系，都可以成为孩子厌学的催化剂或者阻断剂。我并不是说一团和气的家庭氛围就是标准，有和谐有冲突才是真实的生活，有矛盾才能习得达成和谐的能力。

大家都知道"镜像作用"，孩子在行为上会模仿成人，在面对问题时，也会模仿成人处理问题的思考逻辑。当问题发生、矛盾爆发后，让孩子看到解决问题不是只有一种可能性，家庭每一位成员都需要有共同成功处理问题的闭环体验，从而促进家庭关系良性发展，也让孩子从成人的行为中，获得处理问题和寻找他人支持的体验。之后在其学习中，孩子如果遇到问题，就可以利用习得的经验，以开放的心态看待问题。

其四：师生关系。

孩子在学校里和教师的关系、和同学的关系，以及家长和教师的关系，也会影响学习内驱力的培养。教师的情绪管理直接影响学生的心理健康。凡是不良的体验都可能形成孩子的心理阴影。

此外，厌学情绪还受成长经历、学习内容形式的影响。网络游戏、不良影视作品的过度刺激，会让学习生活显得更加单调无味。只看分数的刻板教学方式则会让正处于青春期的孩子们失去学习的乐趣。焦虑的家长面对孩子的躺平、摆烂无计可施。

当年，我没有现在人们说的躺平心态，但也属于没有明确目标的学习者。成人的说法是，好好学习是这个年纪的本分，好成绩就是目标，学好了就有更好的生活。可是，我觉得明明不学习的日子才是好日子。你们当年也会有这种想法吗？

1989 年的夏天，初一升初二的那个暑假，大人的说法再也不能调动我的热情去期待开学。

就在这个时候，《十六岁的花季》出现了。

十六岁的花季

1989 年的夏天，《十六岁的花季》小演员招募的信息，发布在《每周广播电视报》上，只有豆腐块这么大，一百字不到。

20 世纪 80 年代的上海，《每周广播电视报》发行量数一数二，是家家户户每周必买的报纸。我姑姑拿着这张报纸来找我爸，说可以让萍萍去试试。《十六岁的花季》公开向社会招募小演员，应该算是我们国家第一次真正意义上的海选，是开先河的创举。对当时的我来说，这是件多么新鲜有趣的事儿啊！

这一件完全和学习无关的事，引起了我极大的兴趣！参加海选，为我的厌学心态找到了合适的理由。以前媒体采访我的时候，我也提过这个想法。但是，"白雪"的形象积极正面，是好学生的典范，我这种"小人物"心态，每次都被过滤掉，因为上不了台面。后来采访，我也不提了，因为有了偶像包袱。

因为《十六岁的花季》面向社会公开招募演员，报名的人特别多。面试当天，有三五千人赶来参加。面试经过了好几轮，最后我和其他几个男孩女孩被留了下来，又被问了一轮，就让我们回家等通知了。离开的时候天都快黑了，爸爸很骄傲地和几个家长等在门口。因为晚出来的，都是有机会参演的孩子。

确实，如我所愿，我的生活突然变得有趣了。

我还没搞清楚拍戏到底意味着什么，能给我带来什么样的改变，就一头扎了进去。外面的世界就像包糖的纸袋突然裂开了一道小口子，在我面前展露着甜美的诱惑。此后，我每天都在等剧组的召唤，搜寻相关的信息。我所有的心思都在"当演员"这件事上，这就是家长们最怕的所谓"心思活络，无心读书"。

几轮面试后，我认识了张弘和富敏导演的女儿张颖，《十六岁的花季》这个片名就是她起的。张颖比我大几岁，和市三女中的同学不同，她身上有一种明媚的爽朗，很有感染力，我们成了朋友。和导演保持信息同步是不可能的，但我近水楼台先得月，张颖是我可靠的实时信息来源。从张颖那里得知，我是女主角"白雪"的候选人，但是剧组一直没有给我正式的通知。这消息让我很上头，感觉机会唾手可得，但又无法掌控。我几乎每天都和她打个电话，问她今天有没有定新的"白雪"候选人。她像大姐姐一样安慰我，我想她可以体会我的不安。

相比现在人人拥有手机，那个时候很少有人家里安装电话，所有人都用街道上的传呼电话。别人打来，看电话亭的阿姨爷叔就拿着大喇叭到那家人楼底下去喊"某某号楼谁谁谁电话"。有时候，来电话的人只是传个话，阿姨爷叔也会拿着大喇叭喊给那家人听，大家也都习惯听点公开的私事。

我被"白雪"这个角色紧紧抓住，常常在电话亭等着张颖打过来告诉我最新的消息。有的时候等得太久了，阿姨爷叔去喊喇叭，我帮他们接几个电话也是常有的事。等待的时光都是煎熬，我的心那个忐忑啊，七上八下，无处安置。

就这样，我在电话机边憧憬着成为演员，慢慢离原来一成不变的学习生活越来越远。

终于，消息来了。

是个坏消息——张颖偷偷告诉我，最终确定出演"白雪"的人选不是我，是当时就读于上海戏剧学院表演系一年级的袁鸣。

没有选我的原因，一方面是我年龄太小，十三四岁演十六岁的班长，戏太重了，怕我演不了；另一方面，我从来没有影视经验，而当时的袁鸣已经出演了好几部戏的女一号。这个竞争对手太强了，我和她根本不是一个层级，这件事没有回旋余地。

我的心一下子掉到了谷底，急火攻心，嘴巴里都是溃疡。我爸妈也跟着我这样吊着口气好多天了，突然知道这个消息，反而踏实下来，让我收心，好好做一个普通的学生。我怎么回得去？心早就起飞了。听到《十六岁的花季》的任何消息，我心里都会酸酸的，干脆也就不再打听。

梦碎了，面对现实好好读书吧。我费了很大的劲儿，从情绪的谷底爬了出来，恢复以往的生活。因为面试失利患得患失的感受让我有点混乱，又不知道如何梳理；意志消沉却又不知道如何化解。在这些复杂的感受中集中精力学习，我的心里是有阻抗的。相比我的同学们，她们并没有登上这一趟命运过山车，当然也就不会有我的情绪起伏。

开学了，我升到了初二。上海有句老话"初二烂污泥"，意思就是，初二就是摸鱼的年级。这个年级的学生，思想活跃，大多数学习成绩波动大，学习习惯自由散漫，不服管。另外，进入青春期，更增加了我回归学生角色的难度。

如果说这次经历是一次创伤体验的话，我掩盖这种创伤的方式就只有学习。听上去是不是很矛盾？一方面不愿意学习，一方面不得不学习。在这种非常矛盾的心态下学习是不健康的，不能持久的。我关闭了自己对其他事物产生兴趣的感官通道，在学习成绩上一味竭力追求，与培养学习兴趣这个正确的目的背道而驰。学习的枯燥和乏味一天天吞噬着我对学习的好感。

一天中午，学校电台突然发布了一则消息：明天中午，电视剧《十六岁的花季》主创人员会来我们学校的高中部选景和选演员。

我又惊喜，又兴奋，又紧张，又迷惑……你可以想象我听到这个消息时的心情。内心冒出了无数的问号：到底发生了什么，让他们又来找演员？找哪个角色的演员？这部剧要来我们学校拍吗？

　　情绪过山车再次向我驶来。整个下午的课，我没心思好好上，一放学，骑上自行车就去找电话亭给张颖打电话。自从上次听到了坏消息以后，我们很久没有联系，我需要再一次从她那里听到一手的消息，也需要她帮我梳理思路。

　　原来，上海戏剧学院有规定，大一新生不准拍戏，所以袁鸣无法出演。明天，导演要去高中部继续寻找"白雪"的扮演者。我岂不是又有机会啦？希望的火苗再次燃起，但我并不是很自信，内心下意识地又坐上了情绪过山车。

　　回到家，我把这事的来龙去脉告诉了妈妈。她很支持我，从衣柜里找了一条她亲手做的粉红色背带裤，又给我梳了一个盘发，显得成熟些。像明星试装一样，全套来了一遍。我在镜子里左看看右看看，心里还是发怵。反而我妈很有信心，说："明天就这样去，肯定行！"

　　第二天中午，我没心思吃午饭，怕错过了和导演们的邂逅，早早便去高中部碰运气。我正从一楼往上走，恰巧导演一行人从二楼往下走，我们在楼梯上打了个照面，他们一下子就认出了我。

　　"吉雪萍，你怎么在这里啊！"导演的眼睛里流露着惊喜。

　　正午的阳光透过楼梯边的大落地窗，正好勾勒出我的身形和盘起的头发，我一紧张脸就会通红，还好在背光处，他们看不出来。两位导演相视一笑，和我聊了起来。

因为这次"偶遇","白雪"这个角色又回到了我手里。但是，导演还是留了句话——如果演得不好，还是要换的！

因为这一句话，我之后每一天的拍摄都战战兢兢，提心吊胆。

那时候是真不会演戏，特别容易紧张，一紧张，脸就涨得通红，心跳加速，肩膀僵硬，开口说台词时语速飞快。"韩小乐"的扮演者战士强后来给我取了一个外号叫"印度红脸鸡"，可想而知我当时的状态确实无法令人满意。

第一周，我们在人迹稀少的湖南路拍。金秋十月是上海最好的时节，秋风轻卷着落叶，阳光温柔地穿过梧桐树黄绿渐变的叶片，暖暖地洒落在人行道上。在安静的湖南路街心花园，摄影师架好机器，录音师举起录音杆，剧务开始请几位围观的叔叔阿姨绕道……我还是第一次在上课时间身处校外走在马路上，眼前的拍摄场景对我来说是陌生的，面对陌生又美好的一切，我又不自信了。

拍摄开始，我表现得手足无措。听见监视器前的导演不满地咂嘴，其他工作人员似乎也在小声地交头接耳，我就更放不开了。

还好，我有一个患难姐妹——"陈菲儿"的扮演者池华琼。她虽然没有被告知有随时被换掉的可能性，但是只要一开机，也和我一样紧张得不得了。两位导演还是很有经验的，毕竟他们夫妇是拍儿童剧的金牌导演，培养过很多没有表演经历的小演员。他们平时雷厉风行，分秒必争，到拍我俩的时候就是"表演课实地教学"，耐心地一点一点教，我们也越来越放松，敢和他们交流互动了。走位、对光、讲台词、眼神交流……他们和戏里的资深演员常常一边讲一边演给我们看，有时候严厉，有时候热情，有时候幽默。这最初让我们有点摸不着头脑，后来副导演告诉我们，导演在调动我们的情绪。在解锁表演技能的同时，我也了解到，原来人的情绪是可以被调动和控制的。

我们都是聪明小囡，从一开始拍七八遍都不过，到拍一条就过，也就几周时间。

信念感给了我极强的动力。我相信我可以做到，只要给我机会，我就一定可以。

后来为了赶进度，剧组分了 AB 组拍摄，张弘和富敏两位导演各带一组。他俩的工作风格完全不一样。我们都愿意去张老师的组，张老师幽默、好商量，组里气氛轻松愉悦，大家有说有笑地把活给干了。富老师的组就比较严肃，她说一不二，大家需要精神高度集中地完成每一场戏。

那时候没有手机，只有两个组之间接送演员的面包车传递信息。面包车好像变成了过山车，我们在两种不同的导演风格里游走、体验、学习，在这样的过程中操练和切换，渐渐应对自如。现在想起来，都是欢乐的记忆。

三个月后，小伙伴们的戏陆陆续续都杀青了。除了池华琼和我，他们都参加了后期的配音工作。"白雪"是袁鸣帮我配的音，为人物加分不少。

他们学业上的压力都没有我大，我第一时间返回学校。好像疾驰的过山车被踩了一脚刹车，我又回到了属于自己的真实世界。

三个月的时间，十二集戏按计划拍完了，1989 年的 12 月也剩下没几天。由于播出时间已近，后期制作也是边拍边剪，所以我们在拍摄的过程中就可以听到后期传来的反馈。

出乎意料地，反响很好！

拍摄《十六岁的花季》的过程是我的逆袭之路。在所有人都不看好的情况下，我最终完成了这个挑战，也让我获得了来之不易的自信。这种心理特质，我在积极心理学里找到了理论支持——自我效能感。这是美国著名心理学家班杜拉提出的观点。

自我效能是个人对自己是否有能力达成特定任务，以及是否善于运用所拥有的技能的一种信念。这是一种主观信念，每个人的自我效能水平不同，它和能力没有关系。

自我效能包括两个方面。一方面，是结果预期，"我相信自己可以做到"；另一方面，是效能预期，"我认为自己有能力做到"，因此我要施展能力为此做足准备。具备这两种能力的人甚至能把压力、挫折当作证明自己能力的机遇。

这恰恰描述了我当时的情形。"我信"——不要放弃，我可以做到，但这并不是盲目自信，是基于对自身条件的准确评估；

这就涉及了第二个方面"我能"，挑战须匹配个体能力，反之则只是一种妄想和执着。

较高的自我效能，让人获得成功的感受，变得更自信。这种经历不仅对我们成人，对在成长中的青少年同样有益。所谓有益，重点不是在社会上更优秀、更卓越、更成功、更有竞争力，而是拥有"幸福感"，其他那些只是自我效能呈现过程的副产品。

自我效能高的青少年，更愿意投入学习活动中，并有较好的表现。良好的课业成绩能提升学习者的自信心，自然也会令其体验到幸福感，而获得幸福感是人终其一生的目标。

那么怎么做才能激发自我效能呢？

自我效能并不是天生的，而是环境、个人能力与成就经历等因素交互作用的结果。

提升自我效能可以从下面几个方面入手，我们可以和孩子一起尝试。

首先，从过往经验入手。过往经验可以提高当下的自我效能，增强信心。有些人认为只有成功的经验能够提升自我效能，但是从我从事多年的0—6岁的儿童教育经历来看，每个人都有自我修正、自我优化的天性。所以，成功和失败的经历都能提升自我效能。但是，长时间的失败经历会打击自我效能的表达，一直成功也不会激发自我效能。成功与失败经历的交错，就是提升自我效能的最好土壤。

其次，参考他人。他人成功的案例也可以增强自我效能。引导孩子观察他人的行为，并分析行为结果。注意选择和孩子条件相仿的人作为参考对象，如果身份悬殊，是没有参考价值的，无法获得有用的参考经验。所以，同学、同事间的分享交流是很有价值的。

再其次，重视语言鼓励的作用。鼓励、真诚评价、建议、劝告，也可以增强自我效能。所以请不要吝啬对他人的赞美，因为这是一种利他的表现，发现别人的优势而不嫉妒是一种美德，成就他人的同时也成就自己。

最后，就是关注孩子的情绪和生理状态。过度疲劳或者身体不适、情绪不稳，都会影响自我效能。所以，成人自身的身心管理和青少年在成人协助下进行身心管理，都是很有必要的。

寒窗苦读的日子

在市三女中这样的重点中学，学生平日里几乎是一堂课都不能落下的，不然就追不上学习进度。拍摄中间没有通告的几天，我也回过学校，座位已经被老师换到了最后一排，老师上课讲的，我完全听不懂。

刚回学校，大家对我已变得陌生，老师很忙碌，并不会特别来问我接下来的学习打算。我坐在教室里，很慌张，很惶恐，很压抑，与周遭格格不入。

拍摄期间，我不想回到学校这个环境，因为不知道如何处理这一大堆问题。但是，戏拍完了，我必须回归学生的身份，和问题面对面。

三个月没有上课，落下的学业就像雪球，越滚越大，压得我喘不过气来。我记得很清楚，拍完戏回学校的第一天，就碰上了历史测验。当时班长刘酶毓坐在我旁边，看着我准备交白卷的样子，轻轻地问我："要不要抄？"

我马上回答："要！"

她把历史卷子朝我这边挪了挪，我一边观察老师一边抄卷子。老师知道我的情况，她应该看得清清楚楚，只是睁一只眼闭一只眼，并没有为难我。我算闯过了一关，但是觉得很丢脸。

市三女中的测验一周有四天，我这样应付肯定不是办法。当时同年级各班之间还有班级排名的压力，老师也不愿意我拖班级成绩的后腿。在我妈妈找到班主任，明确表示我还想继续读书而不是做演员之后，老师开始给我补文化课。于是，我除了课内学习之外，语文、数学、英语科目的老师开始轮番帮我在课余时间补习。

不停地补课，令我身心疲惫。压力对我而言只能是动力，没有第二条路可选。我开始与世隔绝，和学习死磕，所有时间都用在补课和刷卷子上。

我爸爸开过一段时间出租车，每天半夜十二点是他和夜班司机交接班的时候，到家差不多是凌晨一点，每次回家的时候我都还在挑灯夜战。我爸说："整条弄堂里，只有我女儿的窗户还透着亮！"

当时我的作息是完全混乱的，有时候放学回家太累了，下午四点先睡个觉，半夜十二点我妈叫我起床开始学习，一直到早上六点，吃完早饭直接上学。或者，放学做作业到午夜十二点睡觉，凌晨四点起床背单词，六点吃完早饭后上学。

1989 年的冬天，是我最难熬的一个冬季。

记得我们家有套八杯一壶的玻璃杯套组，我每天晚上都会冲杯三合一速溶咖啡续命。因为太冷了，家里没有暖气，我妈就在厨房用最小火一直煮着一壶开水，给我半夜灌热水袋和泡咖啡。上海的冬天湿度大，屋里比屋外还冷。凌晨三四点最冷的时候，经常是我往杯子里一冲热水，杯子就立刻炸了。

最后，那套杯子就只剩下一壶一杯。漫漫寒夜，我咬牙坚持着。

回望过去，看到当时寒夜里埋头苦学的那个小小背影，我感悟到其实那是一种扭曲的学习内驱力。

当时，我在学习上有强烈的自卑情绪，深感自己不如人，害怕被别人看低。自卑驱使我朝着自己设立的目标拼命奋斗，这种追求卓越的方式是为了获得对内心自卑感的补偿，没有丝毫幸福感，让我身心疲惫、深恶痛绝。

过去的我因为自卑而努力，当下的社会，太多孩子因为无法获得学习带来的价值感而失去了学习内驱力。那我们该怎么做才能启动孩子正确的学习动力开关呢？除了满足其成长需求的环境以外，我们还需要和孩子共同寻找学习的意义、生命存在的意义。

作为父母，先问自己一个问题：你觉得孩子学习是为了什么？

考试成绩？

班级排名？

考入名校？

将来的衣食住行？

改变目前的家庭生活？

进入社会后获得更多的名和利？

获得他人的尊重？

对社会和对他人有价值？

实现自我价值？

......

作为家长，请先思考这些问题，看看自己书写的答案。不管答案如何，可以肯定的一点是，作为成人，你的认知会引导孩子的认知，影响他的行为。

当孩子突然不想学习，家长可能会从惊讶到指责孩子，最后情绪失控。最终结果是，无论是循循善诱还是暴力相待，孩子都没有因为家长的抵制而回归学业。

如果你细细回忆，就会发现孩子的厌学行为早已初见端倪，只是现在他更有力量付诸行动。

家长不能理解孩子行为背后隐藏的人格一致性，也就是说，这不是孩子的突发情绪，而是以往的成长经历累积的表现，它比你想象的更难处理，更根深蒂固。

现代物质生活质量不断提升，生活、工作、学习的目的也从穿衣吃饭等物质需求向更高的维度转移。就像马斯洛的需要层次理论表述的那样，从满足生理需求开始，人最高阶的需求是实现自我价值。获得学习内驱力的源头也应该从外部环境向自身内在因素转移。

阿德勒说："我们应该给予所有的儿童更多的勇气和自信，以促进他们智力的发展；要让儿童明白困难不是不可逾越的障碍，而只是需要面对和解决问题。"

我的处理方法是，利用感因系统找到问题的因。

追因的过程是成人和孩子一同思考、一同复盘的过程，这种沟通本身就有利于亲子关系的修复。

等找到最初影响学习内驱力的人、事、物后，就是归因。归因的过程需要智慧，错误的归因适得其反。

找到了厌学的因后，就是断因。断因需要重新获得正确的认知。我们需要和孩子一起去寻找现阶段的生命意义是什么，通过讨论和实践不断明确它的含义，内驱力也就顺势而生。

能找到持续不变的、稳定的学习内驱力来源，是一件非常幸福和幸运的事。必须正确解读学习的意义、价值、目的，重新建立基于信心的架构，付出行动，等待新的成果。

十字路口的艰难抉择

没多久，就传来《十六岁的花季》要在中央一套和上海电视台八频道播出的消息。我彼时正为学业忙得焦头烂额，根本没有时间想别的，更没有时间看电视，看首播的任务，就交给了我爸妈和所有的亲戚。

当年，我父母因为我的奋发图强而感到非常欣慰。现在回想起来，当时我已处在焦灼状态，但不能休息更不能放弃，像一个不停旋转的陀螺，自己给自己抽鞭子。但是现在想想也没有其他选择，当时只有一条道，走出来才有光明。

一天中午，我在教室里写作业，有个同学告诉我，门卫大爷说只要是我的信他都不送，要我自己去拿——当时的报纸信件，都是由门卫大爷分好，每天午休时间送到各个班级。

"不给我送？这是什么情况？"

我只好放下手里的笔，起身去传达室询问。我自报班级，门卫大爷一脸不高兴地说："都是你的信！邮递员都是用麻袋送的。你看，这已经积攒了三四天了。"低头一看，我的信，铺满了一桌子。

我也蒙了，这么多信是谁寄来的呢？我只能先问老大爷要了塑料袋，装满几兜子拿回教室再说。进了教室，我开始一封一封地拆信，每一封都是观众来信。我这才意识到，《十六岁的花季》这么受欢迎。

那之后，每天中午去传达室是我最开心的事。多的时候一天上百封，少的时候也有几十封。午休时间，就是同桌和我一起拆信的时间。

被别人肯定总是开心的。每一封信都写满了炙热滚烫的溢美之词：他们都喜欢白雪，希望自己的班里也有这样一位正直、敢爱敢恨的班长；他们喜欢童老师，渴望能有一位理解他们的班主任；他们喜欢陈菲儿，喜欢她的美丽、柔弱、善良；他们喜欢何大门和王福娣，一个爱学习一个爱琼瑶，很像分裂成两个人的自己；他们更喜欢韩小乐，虽然学习差，但是正义、聪明、有趣、有胆有识，能和所有人做朋友，还能得到老师们的青睐……还有很大一部分来信，是初三的毕业生写的，他们觉得高一班主任如果能像童老师那样，他们也会重新规划人生，不考职校考高中。我还收到过战士的来信、老师的来信、家长的来信，甚至管教人员的来信，他们都对《十六岁的花季》里呈现的高中生活，充满了向往。

《十六岁的花季》描绘的高中生活和现实太不一样了，它成为了我们中学生心中的乌托邦，为我们重压之下或迷茫或苦闷的青春，照进了一丝光亮。

信中的鼓励和支持，相对现实中的孤立无援，让我有种双面胶式的撕裂感。有的信里寄了小信物，比如千纸鹤或者幸运星、自制的书签；有的给我寄来了他们的照片；有的要和我长期做笔友；还有的邀请我去他们的家乡玩。这些传递温暖善意的小礼物，虽然不能提升我的学习成绩，但却实实在在安慰了我的内心。

"看世界，读青春"，这是一种跨时空的缓解。就这样，我和外面的世界保持密切联系，感受两个世界不同的温度。

《十六岁的花季》火了，我的压力更大了。当有好的片约时，我和爸妈都会认真考虑，因为做演员这条路，已经成了我生涯规划的一个选择。这时候，我又遇到了人生第一次的重大抉择。

热播后随之而来的社会活动越来越多，电影电视剧的片约也纷至沓来。大部分的社会活动，我都希望能够积极参与，但有些活动因为学业紧张的客观原因，实在无法出席。只要有人邀请我出演新剧，转头我就打给《十六岁的花季》的两位导演：一方面是请教这部戏是否值得去；另一方面，当时我读书读得非常痛苦，正想找个机会再出去拍戏。所以，我花了不少时间在这些事上纠缠。这种积极，完美地掩盖了我对学业压力的逃避。

《十六岁的花季》剧组里我是年纪最小的一个，两位导演把我当自己孩子一样，对我的事儿从不敷衍。他们是我生涯规划的指路人，擦亮我的眼睛，把我从这些纷繁的机会里引领出来，教我判断、忍耐，提醒我不要放弃学业，在等待的过程中持续蓄能。

可是当时我还没有这样的远见。放弃这么多好机会，我的内心充满了不甘，总觉得每一次放弃都是和成功失之交臂。现实世界中的诱惑触手可及，我按捺不住自己急于享受成果的欲望，却对自己的学生身份无可奈何，频繁掉入失落的深渊。在欲望和现实的拉锯战中，我只能硬着头皮又捧起书本。

直到有一天，我接到了一个军区歌舞团的电话，他们希望我加入歌舞团并拥有编制，同时参加当年央视春晚的节目排练。

这是个天大的好机会。

但是，拥有编制，就意味着我要退学，同时成为一名军人，这事儿太大了。我们开了家庭会议，没有讨论出结果，只能再去请教两位导演。张老师和富老师并没有给我直接的答案，而是讲述了自己和别人的经历。

张老师自己也是文艺兵，他跟我谈了作为文艺兵的得失。富老师是上海电视台著名导演，她建议我，不管做演员还是当兵，文化学习是不能舍弃的。作为演员，如果连剧本里的人物都读不懂，不可能塑造好角色；知名度是一时的光芒，如昙花一现，真正能够长久的是不断提升的能力和才学。

他们还给我举了杨澜和袁鸣的例子。在他们口中，这两位并不局限于拥有知名度，而是真正腹有诗书的才女。他们认为我应该把她们作为标杆去学习。

决定权在我手里，站在十字路口，我不知道该何去何从。

为了做出正确的选择，我必须冷静，从混乱的思绪中跳脱出来，站到更高的维度来看待这次抉择。我认同富老师的建议，不管是什么样的社会角色和身份，都需要综合素质。我想去当兵，很大一部分原因是我不想面对学业的压力，压力所产生的负面情绪控制了我，让我难以选择。我内心并不排斥学习，需要的是缓解学习带来的压力和情绪。

我花了很长一段时间想清楚这个问题，最终做了一个决定，继续做一名学生。我开始着手处理真正阻碍我前行的障碍——情绪。处理负面情绪的方法有很多种，书写、倾诉，都是简单易行的有效方法。我开始写日记抒发情绪；同时，和几个笔友固定通信，彼此鼓励，互相支持，畅想未来，明确自己的成长目标并立志一起达成。

不踏实、激进、迷茫、急于求成、浮躁、善变等，都是青春期的表象。人在青少年阶段虽然生理发育渐渐趋向成熟，但是心智表现极不稳定。是非对错的判断能力在他们的认知层面已经基本形成，唯一缺少的是践行经验，也就是我们常说的"读万卷书"和"行万里路"的关系。和这个世界的磕磕碰碰是少不了的，要达成知行合一，就要先从"面对情绪、控制情绪"开始。

时间证明，我当时选择继续学习是对的。

我很幸运，因为成人正确的引导和自己的情绪管理，在人生的这个十字路口找到了迈步的方向。

直到今天，我仍然是一名学生，并且终生都会受益于这个角色。

第三章 "命""运"

人在走路时，学会转弯最重要。

我们每时每刻都要做选择，选择结果决定了一天的生活经历，一生的人生轨迹。其中，大部分的决策都是我们大脑的"自动驾驶"，凭着以往的经验和惯性做出的。

一生中，我们都会经历几次重大的决策，这些决策影响人们生涯发展的方向。列宁说，历史有时候数十年不变，有时候短短几周能改变数年。时代、社会、国家、群体的发展都会经历转折点，个体更是如此。

在人能掌控生涯发展的短短几十年中，重大的决策过程和承担结果的经历，才是生命最有价值的闪光点，这无关他人如何评判。

命在天，运在人

俗话说"生死有命，富贵在天"，意思是人的死亡一般都有定数，是贫穷还是富贵也不是人力能决定的。

我不完全同意。

"命"不可以掌控,没的选,有定数,我自己已经亲身验证;而"运"恰恰是活的、可变的。

不能改的是命,而不是命运。

我的理解中,"命"代表个体拥有的客观存在条件,就像打扑克发牌,给你什么就是什么。比如,你出生的家庭、城市、性别、智商等,不因主观意识而改变。

就像我天生的身体比例不能满足舞蹈学院的要求,我就必须放弃把舞蹈作为职业的梦想。先天条件会给我们很多条条框框的限制。这些我以自己的能力无法改变的,我都认为是"命"。对"命"要顺从,不能逆天而行。

"命"我们控制不了,它具有客观性;而"运"掌握在自己手里,是主观能动性的表现。

"运",是可以掌控和改变的,"运"代表"行",在现有框架下的行事和做人,这才是直接影响生涯体验的关键。因为,自作者自受。

拿《十六岁的花季》举例,客观上我幸运地得到了这个机会,但是拍摄过程中,如果我觉得反正角色已经是我的了,不用努力也行,那也许角色会被我演砸,我可能面临被换角等后果,这样就不可能有今天的我。因为我的行为、态度,都可以改变"天赐良机"的结果。

一样的命可以走出不同的运势!我们很习惯用"命运"来

解释生命中的无常，比如富贵、贫穷、成功、失败、生和死等。但是，要看到"命"和"运"相互影响的关系。尊重或者接受"命"的安排，并不是宿命论，而在顺势中掌握"运"，走好"运"，才能积极做回自己命运的主人。

天赐良机

1999 年，我大学毕业能进入中央电视台工作，绝对是人人羡慕。2002 年，我从中央电视台辞职，是我人生中做出的重大决策。加入央视和后来离开央视，都是我自己的决定。一进一出，一"命"一"运"。

1997 年，我正读大学二年级，和同班同学王梓一起得到了一个机会。

上海正大综艺电视制作有限公司成立，除了和央视合作制作王牌栏目《正大综艺》外，还和上海电视台合作筹划新节目。

我和王梓还有一层特殊的缘分。他爸爸王华英是《十六岁的花季》里白雪爸爸的扮演者。所以我们多了几分熟络。命运的安排，让我们在茫茫人海中有缘成为同窗。

大二那年，王梓在广播电台做实习主持人，主持欧美流行音乐节目。他声音自带磁性，形象帅气，很快在广播电台有了一席之地。我经由他推荐，做了他们节目的外采记者，赚点外快。上大学以后，我就不再向家里要钱了，他也是。因为没有出镜，学校并没有阻止我们的社会实践活动。所以，学习加打工的组合让我们的大学生活充满活力。

广播电台有位制作人兼主持人谷永立，推荐王梓去参加上海正大综艺电视制作有限公司新节目的面试。因为还需要一个女主持人，王梓推荐了我。幸运女神开始向我招手。

面试那天，我们准时到了摄影棚。面试我们的是中国台湾地区著名电视节目制作人江吉雄。导演给了我们一人一份稿子，说一会儿江总在录影棚里面试。他是台湾地区的"第一代电视人"，对两岸的电视节目发展有着深远的影响。我俩对他的行业地位完全没概念，但是得知他就是央视《正大综艺》的制作人之一时均肃然起敬。

很快导演让我们进棚准备。推开厚重的隔音门，我俩愣住了。这个八百平方米的录影棚好大、好高，后来才知道这是当时上海配置最好的录影棚。因为新棚没有布景，所以显得更加空旷，棚里灯光也没完全开，有点阴森森的。

江总独自一人站在棚里等我们。他当时穿着一身咖啡色的羊毛西装，米色高领毛衣，一头白发，笑眯眯地看着我们两个生瓜蛋子。当年他才五十多岁，一头银发倒让他显得鹤发童颜，与众不同，很衬他的行业地位。江总说话简单明了，透着专业、自信和干练的作风。他和我们简单说了几句，问了几个问题。知道我们没有主持经验，他并不惊讶，反而好像很满意。

"准备好了，我们试一遍开场。孙老师，请给我男女主持人的话筒。"江总和我们说完，转身从一位高高瘦瘦的孙老师手里接过两个话筒递给我们。

这位"孙老师"全名孙仪，他就是华语经典歌曲《月亮代表我的心》的词作者，也是著名的音乐制作人，彼时担任正大的音乐制作总监。《月亮代表我的心》经邓丽君演绎后红遍华人世界，是全球华人社会以及世界范围内流传度最高的中文歌曲代表作之一。我们竟然从孙老师手里拿到了话筒，一下子对两位前辈的崇拜之情难以言表。

但是，面试并不轻松。孙老师走出录影棚，就剩下我们三个留在棚里。孙老师在音控间帮我们调试话筒。空旷的录影棚里，我们听到了自己的声音，有点兴奋，更多的是紧张。

"准备好了吗？你们就一直说，我叫你们停再停。"江总把双手在胸前交叉，站在我们对面一米的位置，目光炯炯地盯着我们。

"你表演，我表演，大家来表演。"

"你挑战，我挑战，大家来挑战。"

……

我和王梓开始背开场白，词儿并不多，没几句就说完了。可是江总说他不叫停，我们就要继续说。我和王梓开始即兴发挥，一开始还言之有物，越往后越磕磕巴巴，最后甚至有点语无伦次。

江总终于叫停了，我们松了口气。

江总笑眯眯地说"不错"，和刚才咄咄逼人的面试官判若两人。我俩也不知道他是出于礼貌还是安慰。

从我们学习的传统规范主持技巧来说，刚才的表现是不及格的。但，这恰恰是我们得到这次机会的原因，青春有朝气的同时还能够临场发挥，滔滔不绝，不拘一格。这种观念颠覆了我对主持人标准的认知。原来主持人不用一字不错地背稿子，可以自己发挥，随机应变。

几经周折，我们终于拿到了《五星奖》的主持机会。当时，我的大学上海戏剧学院对在校学生有明确规定，大三后才可以参与社会实践。我们是电视编辑系的第一届学生，学院对我们寄予很高的希望，管理更是严格。这也是对我们的保护，因为一旦在舞台上失误或者给观众留下不好的印象，对我们将来的职业发展会有影响。

当得知我们被正大公司邀请担任主持人时，我们的班主任吴洪林老师和副院长张仲年老师经过了慎重的评估，觉得这是一次难得的机会，并开始为我俩向院方提出破格实践的申请，一次一次找校领导沟通。

电视台方面却传来不好的消息。台里建议江总团队起用电视台现有的主持人，一方面节目质量更有保证，另一方面有非台里主持人不能出镜的规定。

江总和几位制作人并没有放弃，希望能说服决策领导给我们机会。对于院方领导和台领导而言，允许我们主持《五星奖》

都是挑战边界的决策，决策后将要面对多方的压力。他们的决策，决定了我们的命运。

我和王梓得知这重重关卡一个比一个难突破时，想着肯定没机会了。我俩在上海戏剧学院的小花园里唉声叹气，感叹命运的捉弄，让我们和这个金子般的机会擦肩而过，有缘无分。我记得当时，为了配合气氛，王梓还搞了包香烟，他本来是不会抽烟的。看着香烟在他指尖慢慢燃尽，我们的希望也好像随烟而去。

幸运的是，在最后的时间节点，院方和电视台都传来了好消息。我听说，是台里的高层做出最后的决策，同意我们出镜，支持正大公司起用新人，给上海电视界输入新鲜血液。电视台特意给我们的大学发了文，请学校支持在校生的实践，并向学校保证会好好地保护我们。

决策者开明的态度，奠定了上海电视行业发展的方向。我们受益于当时领导的英明决策，开启了我们职业生涯的新篇章。后面更多的想要从事电视行业的年轻人，也从我们身上看到了希望。这种开放、鼓励创新的领导风格持续至今，形成百花齐放百家争鸣的局面。在这样的氛围下，上海的电视作品也呈现出海纳百川的包容性。我们幸运地跟上了上海电视行业蓬勃发展的大潮流。

《五星奖》是一档全民才艺比拼类的综艺节目，每周五个不同的才艺擂主接受报名者的挑战，或卫冕或落败，连续十周卫冕的擂主则会获得最后的奖励。在当时因为节目形式很是新颖，参与者众多，不到半年，《五星奖》就成为上海收视率最高的综艺节目。

在上海，因为《五星奖》，我俩渐渐家喻户晓。我们轻松、自然、充满活力的主持风格独树一帜，获得了大家的认可。学校开始鼓励其他同学也多多去实践。台领导因为节目形式的新颖和我们的表现，更坚定了之前的决策。一位综艺金牌制作人，加上一位著名音乐人，专业的团队为我们两个新人保驾护航。这一切要感谢两位伯乐的指点和鼓励，感谢班主任吴老师和张院长不懈的努力，感谢台领导的英明决策，感谢观众的宽容，也感谢我们自己。我们有缘得到这些伯乐的赏识，是命运的眷顾。

这是继《十六岁的花季》后，我又一次证明了自己，用行动抓住了机会，做了命运的主人。

毕业北上

大四期间，我意外地又得到了一个更大的机会，主持《正大综艺》。

虽然还有一年时间才毕业，但上海电视台的招聘部门已经早早地在我们全班学生里预定了几个毕业生，我和王梓就在其中。不出意外，我们毕业后将分配进上海电视台。一切都四平八稳地往前发展着。

但是，命运女神再次来敲门。

上海电视台有一位非常优秀的主持人叫刘兵。我们有过多次愉快的合作，彼此欣赏。当年，他同时主持上海台和央视的很多档节目，是上海为数不多有全国知名度的主持人。1998年，他主持上海电视节开幕式，遇到了当年央视的文艺部副主任苏峰。得知《正大综艺》当时的主持人王雪纯临盆在即，急需一名新的女主持人入驻《正大综艺》，刘兵当即推荐了我。

当年东方卫视还没开播，只有中央电视台的节目覆盖全国，央视的领导自然不认识我。刘兵在电视节现场打电话给我，告诉我这个消息。同时，让我赶快去编辑一盘自己主持过的节目的录像带，尽快给央视领导带回北京。

我压根就没想过《正大综艺》会和我有什么关系。我一个上海的大学生，怎么敢妄想主持当时的全国王牌节目？命运就是如此出其不意，所有机遇的出现都超过我的所想所念，好像从天而降。

突如其来的机会让我有点蒙，不管行不行，机会不能错过。我很快准备好了录像带，交给刘兵。他很有心，处处为我着想，建议我直接送去电视节会展现场，这样我有机会快速见一下苏主任，好让彼此有个印象。我听从刘兵的建议，紧锣密鼓地处理每一件事，在上海电视节期间见了苏主任。

不久后，有一次录完《五星奖》，江总找我谈话，告诉我央视在找新的《正大综艺》女主持人来接王雪纯的班，他作为两个节目的制作人认为我可以胜任，如果我同意，他会向央视推荐我。

江总一直行事谨慎，我想他应该早就知道换主持人的事，没有和我说的原因是他也在评估我的能力是否能胜任央视平台的要求。毕竟，央视是国家级平台，而《正大综艺》是央视收视率最高的综艺节目。慎重评估后，有了一定的把握，他才和我说。

当我告知他我已经把《五星奖》录像带给了央视领导，他很惊讶。看来，并没有人知道我的自荐，或者自荐并没有成功。

过了几天，不知道是我的自荐有了反馈，还是江总的推荐起了作用，我意外地收到了《正大综艺》邀请面试的通知。因为大学期间住校不能看电视，我一直没有关注央视的节目和主持人。自从知道要面试之后，我开始留意央视主持人的风格。端庄、大气、丰富的知识储备和阅历、精准的表达等，是央视主持人的基本要求。而在主持《五星奖》时，我一直被鼓励主持要有个人风格，随意不刻板，要敢说敢表现。两边有不同的标准，我一时不知如何准备。最后我决定，我是啥样就啥样吧。当时，我确实对自己的主持风格有着盲目的信心。

面试被安排在《正大综艺》的一次录像之后，一共有十几位主持人参加。大部分都是央视在职主持人，只有我和另外一位女孩不是。抽签排序后，面试者一个接一个上台，用中英文自我介绍，然后回答台下所有栏目导演的提问，现场还坐了两百位观众。

我抽到的是六号，轮到我的时候，我紧张极了。后来回看面试时的中英文双语自我介绍，因为紧张导致语速过快，好几处吃字严重。但是，我的脸上洋溢着青春和自信的微笑，这是主持《五星奖》练就的。我当时穿了一套黑色的西装，齐耳的短发，英姿飒爽，和其他的主持人风格明显不同，让人眼前一亮。后来我进组后才知道，这是导演们对我当时面试表现的评价。

面试过后，我很快收到试录的通知，有点儿意外。在北京，我一个人也不认识，没有任何人脉和背景。能在国家台出镜主持收视率最高的节目之一，真的吉星高照，像做梦一样。

班主任吴洪林老师和我爸妈知道我获得了这个机会，都非常高兴，为我骄傲，鼓励我"一战到底"。我告诉江总这个好消息的时候，其实他早就知道了，笑眯眯地对我说："我的眼光不会错！"江总真的是我的良师益友。

从那以后，我开始每月往返于北京和上海，同时主持《正大综艺》和《五星奖》。我录的《正大综艺》播出后，收到全国观众的大量来信。信件都是导演拆看的，有的观众喜欢我的主持风格，有的观众对我的主持提出了质疑。真的，接受全国观众的点评，绝对是对心理素质的考验。观众、导演、老师、同学、朋友、家人，每个人都会给我建议，我反而更无所适从，内心是很煎熬的。

要承受这样大的心理压力，我有自己的缓解办法。我每个月只需要在北京待上四五天，录完节目就可以飞回上海。回家、回学校、回《五星奖》节目组，上海总是对我非常宽容。相比北京的高压，上海就是我的温室。

很快半年过去了，临近毕业分配时分，我是留在上海还是去北京？决策进入了倒计时。

当时央视还没有给出通知确定最终由我主持《正大综艺》，所以我的档案已经被上戏转去了上海电视台。一个悬而未决，一个板上钉钉，好像命运的路径已经清晰。虽有些遗憾，但我内心里还是喜欢上海的安逸。

1999 年 6 月，《正大综艺》的导演组组长小何来电话通知我 7 月的录像时间，而那个时间我应该已经入职上海电视台了。所以，我只能拒绝，除非上海电视台和央视都允许我跨台主持，在当时，这是不可能的。小何急了，叫我给他几天时间，台里会给我一个明确的答复。

当时的我已经做好了入职上海电视台的心理准备，而且是否进央视的决定权不在我手里。在熟悉的环境里，人很容易随遇而安，心情轻松而愉悦地接受命运的带领。

6 月毕业季，上戏的校园充满了毕业的感伤，空气里弥漫着分离前的不舍。告别前最后的留恋，转换成了各种聚会和告别活动。初夏，上戏红楼前的大草坪上，彻夜坐满了即将各奔东西的毕业班同学，大家都舍不得睡觉，吵吵嚷嚷，哭哭笑笑……要分离了才觉得彼此的宝贵，也尽情抒发着即将离开校园的恐惧和兴奋。在梅雨季潮湿的空气里，我也和同学绕着校园一圈一圈地走，踩着自己熟悉的小径，追忆四年转眼逝去的校园生活，希望时光倒流，再好好走一次来时的路。

毕业前的最后几天，我接到了小何的电话，我记得当时已经是晚上 9 点多了。他告诉我，台长给出了最后的决定，由我接手主持《正大综艺》，第二天就会发函调取我的档案进京。他叫我好好准备，扎根北京。

他不知道，我原先已经做好不去北京的打算。这一下子，我左右为难。我为什么总是会面对失而复得的选择？原本不是需要我决策的事，现在皮球踢到了我这里。我必须尽快决定——留下，还是北上？

我问了很多人。老师、父母、同学，他们都认为去央视会有更大的发展，从事业的广度来看，央视是最佳选择，不用犹豫。我去问江总，他的建议对我很重要。

他告诉我："如果我不希望你主持《正大综艺》，就不会推荐你。"

"那《五星奖》怎么办，去了央视我是不可能再主持上海的节目的。"

他的回答是，会找新的主持人。

我一听，心里更不是滋味。我不想把自己的节目拱手让人。但是，鱼与熊掌不能兼得。怎么选都不能两全！做决策，贪心是大忌，功利是硬伤。

我就是放不下上海。我在做决策的时候，越梳理好像越梳理不清楚。

我问了男朋友的意见——就是我后来的先生黑立德。他觉得无所谓，哪里都行。

都行？听到这个答案的时候，我心里翻了一百个白眼。都行，我还问你干吗？我还这么纠结干吗？巧的是，当时他刚得到一个工作机会，被派驻北京两年。如果我也去北京，我们可以经常见面。要是我选择留在上海，他每个月都会回上海述职，也能见到。所以，他觉得都行。我问他平台是哪个更好，他说当然是央视；但是，从选择接别人的节目还是主持自己开创的节目这个角度，那《五星奖》更好——等于没说！看来没有一个决定是别人可以替我做的。

他是一个很随遇而安的人，不像我，要把什么事情都想得明明白白才做决定，但又往往想不明白。他这种随意圆融的个性，也是我嫁给他的原因之一。他不会给我太多压力，而我给自己的压力已经够大了。

央视人事部的小晋打电话催我尽快办理入台手续，我却想多了解一些央视的人事管理条例，看看有没有更好的办法，可以有回旋的余地。我了解到，作为应届大学生，我属于文化部编制，也就是当年人人羡慕的终身金饭碗，但是每三年会有一次双向选择的机会。

"三年以后我可以自由选择去留，是吗？"我问。

"按道理是的，但是，谁会从央视这样的平台辞职呢？"小晋不相信有人会主动离开中央电视台。

因为有这条后路，我做了一个决策：北上！如果发展得不顺心，大不了我三年后不续签。这个心理暗示，对我日后做出从央视辞职的决定，产生了深远的影响。

和上海的"告别"，我处理得拖泥带水，恋恋不舍。入职第二周，我的粮油、住房基金等所有的人事关系都转到了北京，我的身份证也从上海的长宁区换成了北京海淀区复兴路 11 号。

真正搬到北京和出差北京是完全不一样的感受。初入职场的不适应和接手节目后的压力，实实在在地拍在我脸上。

不能随时回上海，我的心灵温室就无法给我蓄能。陌生的环境、紧张的工作节奏，家是唯一可以缓解心理不适的地方。

2000 年世纪之交，《正大综艺》推出一系列相关主题的节目，我开始了频繁的出差。作为一个旅游文化节目的主持人，最初我对出差还是很兴奋的。走遍祖国，看遍世界！真的如同《正大综艺》的那句话所说："不看不知道，世界真奇妙！"

北到大庆，南到广西，东到上海，西到喀什。我最长的出差经历是在四川拍了快一个月，水路和陆路并行，充分体验了"蜀道难，难于上青天"。然后回北京换几身衣服，马不停蹄地赶往广西北海拍摄千禧年的第一缕阳光，再进行在广西近一个月的拍摄，中间还要赶回北京录像。

记得有一次在江西拍摄，导演设计以满山的红杜鹃为背景，让我讲一段开场白。当地人说，只有爬上最高的山头才能拍到群山的红杜鹃，于是我们天不亮就开始爬山。江西山多，很多未经开发，我们爬的那座就是。因为没有路，我们沿着雨水冲出的小水沟往上爬。路又湿又滑，加上天还没亮，我们深一脚浅一脚跟着带路的山民。江西气候潮湿，山上更是湿气重，很快我们身上不知道是露水还是汗水，都湿透了。最辛苦的是摄影，他们还扛着机器，一台机器十几斤重，加上电池、电线近二十斤，真的是举步维艰。不知道爬了多长时间，有了天光，我们被告知还有一半路。只能咬着牙往上，我们接二连三地滑倒，彼此连拉带拽地登到了山顶。

到了山顶，还来不及喘口气，山民提醒我们要赶快拍，因为看着要起雾。雾气一上来，那杜鹃花就拍不成了。我们争分夺秒：导演选景，摄像师架机器、接话筒，我一边把脸擦干净搽点口红，一边按导演要求在心里默默攒一段开场白。

等机器架好，导演和我对了几遍词，微微做了调整，开机。前前后后拍摄了十分钟不到，当我们还想多拍点素材的时候，山雾上来了，我们赶紧下山。

因为有雾，下山更难。上山四个小时，下山连滚带爬三个多小时。到山脚下时，觉得腿都不是自己的。

那顿午饭，我们闷头吃了一盆米饭、一盆腊肉。

从央视离职

频繁出差，让我有点时空错乱的感觉，有时候早上醒来都不记得自己在哪里。

我不怕身体吃苦，但是怕心理上的孤独。

台里给我安排的宿舍，在央视北门外的一处平房。这间屋子，后窗户对着公共厕所，因此我从来不敢开窗。理论上是我和台里另一个女孩合住，但是她应该是自己在外面租了房子，从没来过。

住房条件差点，我能忍。可是我忍不了孤独。

每天下班，从北门走回宿舍要经过一个住宅小区。窗户里透出晕黄的灯光，淡淡飘进耳朵的琴声，还有一闻就令人更想家的红烧肉的味道。

这些感受，在上海时是那么稀松平常。而在一个人生活的这座城市，它们就是慢性毒药，一点一点攻克我最后的心理防线。

我在北京没有任何根基和人脉。同事和朋友还是有区别的，很难随便交心。我尝试交新朋友。上海和北京确实存在地域上的文化差异，我要融入不是那么简单。比如，他们说的笑话我不知道哪里是笑点；他们和我开玩笑，我却以为是真的；他们当真的时候，我以为他们在开玩笑。虽然我积极进行社交，但是推进艰难。

66

一天早上，我打卡上班。一进办公室就看见桌上放着一张纸。我拿起来一看，不知是谁打印了一篇文章给我，题目是《讨厌上海人的十个理由》。我没有细看，我不知道这是北京人和我这个上海人开玩笑呢，还是他们想让我了解北京人的看法。我没有追问是谁给我的，默默地把文章放进了抽屉。就算知道了是谁，我也不知如何处理。我弄不清别人的目的，生怕误解了他人。文化差异，让我在职场和社交中频频受挫。

2002 年，我的身体出现问题。我经常胃疼，吃了胃药也没有用。拖了一段时间，情况越发严重。春节我多请了几天假，在上海做了胃镜，报告把医生都吓了一跳。

"你年纪轻轻，怎么有这么严重的胃病！"医生看着我的胃镜报告说。

我猜到我一定有胃病，出差多，都是去偏僻的地方，有一顿没一顿很正常。北京的食物我也不是很适应，少吃几顿也是常事。

"我是胃炎吗？"我很淡定。

"小姑娘，你有慢性胃炎，胃窦炎，胃溃疡，十二指肠溃疡，胃部多处出血点，胃食管反流！"医生嘴里的医学名词一个一个地蹦，我心口一下一下地收紧。

胃病的严重程度出乎我的意料。我追问医生："这么严重，是因为我的饮食习惯？"

"生活不规律、饮食习惯混乱是一部分原因。"医生点点头，

"还有一部分原因是你的情绪。你的工作压力是不是很大？是不是经常焦虑？……"

我在央视工作期间，从来没有关注过自己的情绪。吃苦可以顶过去，压力可以扛过去，还有什么熬不过去的？"情绪"，我从没想过它会影响我的健康！

后来我学习健康心理学，知道情绪直接影响消化道功能。

那个时候，我还不太能意识到自己的情绪，更不会处理情绪，只是明确知道这样的状况要改变，不能再拖。当时，三年的合同期还没有到，我便早早开始规划离职。

坦白说，那几年的工作经历给了我足够的成长空间。感谢它锻炼了我，让我开了眼界，提升了职业技能，让我在认识世界的同时，也学会关注自己。

但是，我还是不够强大，能力和心理都是。当年节目组对我的要求是背稿一字不错，虽然鼓励我发挥，但是后期剪辑还是按照导演的思路。我反思，可能是我的发挥水平达不到他们的标准吧。我在上海主持节目时养成的"我型我秀"主持风格，在这里触碰了边界。当时，我主持功力浅薄，认为"我说故我在"。其实，说话并不能真正证明主持人的存在价值。内心不够充实，自然表现得聒噪。

既然不够强，那就让自己强大起来。我计划用半年时间学习英语，申请留学，辞职后继续做学生。三年合同期满离开央视，我的这个决策清晰、明了、果断。

三年前，我在上海和北京之间做艰难的抉择。当时我犹豫不决，患得患失，对未知充满了恐惧，没有勇气承担选择的后果，任何一种选择都无法让自己安心。第一次的决策过程是失败的。

失败不是指我选择了央视，我的选择没有错。我后来的发展也证明了央视三年的工作经历对我未来事业的加持，内心十分感恩。如果让我再做一次选择，我还是会选择央视，但是我会做好充足的心理准备和业务准备。

也许错误的是，我做出决策的原因是消极的，因为舍不得央视的平台价值所以选择北京，但内心已经做好三年后逃离的决定。功利地决定，却用情绪解读结果。当时我并不明白，接受决策的后果需要有足够的度量和强大的信念。人生不是数学题，结果带来的感受无法预测。

初入职场，独自在异地生活，让我极度渴望关怀和情感的支持。不能被满足的情感，反而是我最需要的。过程中，我无法摆脱情绪的影响，却又忘我地功利前行。如同木桶原理，我的短板决定了我的极限。

选择央视的其中一个原因，是因为三年后可以离开央视。这个念头一直在我的脑海里，安慰我，补偿我情感的缺失，给我希望和暗示。

这种心理现象，西方科学家称其为吸引力法则，和我们常说的"念念不忘，必有回响"是一回事。最后，我确实离开了央视。当初我用意志强迫自己，行事是为了利益最大化，却完全忽略了内心的感受。心灵上的情感缺口，在潜意识里诱导我不断远离最初的决策目标。

辞职并不是我的逃避方式，反而是我直面自己的需求，满足自己内心的一个勇敢决定。放弃这个世界功利的游戏规则，尊重内心的声音，我可以活得更快乐。

做了这个决定后，我打国际长途告诉黑先生我求学的计划。当时，黑先生已经完成外派，回到了美国。我计划去国外学习媒体制作，武装自己。他依旧很支持我。他给我找了几个媒体和传播专业排名不错的大学，开始帮我申请读研。可惜的是，后来美国突发"911"恐怖事件，我不得不放弃留学计划。

命运又把我留在了上海。

投身教育

2002 年，也是我和黑先生开始创业的元年。当时，我回到上海，很快东方台的滕俊杰台长就向我抛出了橄榄枝。我顺势又回到了上海的电视行业，工作如鱼得水。

黑先生也回到上海，我们一起商量今后的发展，决定要做实体项目。当时，我们对实体的概念认知很有限，就想要自己做点什么。也看了很多的项目，新世纪初的上海充满了机遇，我们一时也没有头绪。

很巧，黑先生的一位外籍朋友移民来中国工作，拖家带口。全世界的父母都关心孩子的教育，他人还没到，就托我们先给他的孩子找幼儿园。我们了解了一圈，没有找到符合他要求和标准的幼儿园。他要找一家实施蒙特梭利理念的幼儿园。我们两个当时都没听说过"蒙特梭利"这个名字。了解后才发现蒙氏理念在全球儿童教育界的地位，它被全球的家长已经追捧了一百多年。在亚洲、美洲、欧洲的很多地方，蒙氏幼儿园、蒙氏小学、蒙氏中学都是知识型家庭育儿的首选。蒙氏学校如星星般撒落在全球各地，服务不同文化背景下成长的儿童。

开蒙氏学校！我们一致认为这就是最好的实体项目。当时，上海没有蒙氏幼儿园，全国也没几家。开蒙氏幼儿园不仅可以把优质的幼儿理念引进上海，同时没有竞品，大大提升了创业的成功率。

很快，黑先生就开始着手落实这个想法。虽然过程有坎坷，但是感谢命运的眷顾，一路走来，跌跌撞撞而不失精彩，也闯出了自己的天地。

从 2002 年至今，我们的学校已经开了二十多年，培养的第一批孩子已经大学毕业了。也许，很快他们的孩子也会进入蒙氏幼儿园，和他们的父母成为校友。

个人有个人的命运，国家有国家的命运，世界有世界的命运。范围越大，牵涉的维度越多，影响也就越深远。我的成长、工作、创业带着独属于我的命运密码发展前行，我也同时受到时代和命运的带动。我很认同佛教教义对此的解释，个人有个人的业力，大家一起要经历的就是共业。

我想，2019年的疫情，或许就是全球人类的共业吧。我当时的角色有主持人、制片人、蒙氏幼儿园的管理者、公益基金创始人、讲师和家庭成员。看上去，我像一个八面玲珑的女强人，其实并不是。

那一年，我正迫切寻找人生的转角，期待转变。

作为传统媒体人，我们已经被小屏和自媒体持续冲击了一段时间，传统媒体反攻的可能性几乎没有，能想到的办法也只是减缓下滑的速度。蒙特梭利理念在教育市场上，需要做更多和中国传统文化兼容的尝试。同时，随着社会快速发展和迭代，家长对幼儿教育的诉求更功利、更极端。我们竭尽所能希望保护孩子们的身心，可坚守的理念被市场的恶性竞争一次次地挑战。媒体和教育，如左腿和右腿，都举步维艰。

2019年底，疫情暴发。以为几个月就能结束的疫情，整整持续了三年之久。对于成人而言，这三年也许是经济的损失、事业的停滞，但对一个0—6岁的儿童来说，这就是他大半个童年。儿童发展错过了时机就无法弥补。

但疫情的发生也有相对而言好的一面。成人终于可以停下来好好看看自己的孩子，了解孩子真正的需求，反思自己的行为对孩子形成的影响。

因为停滞，整个社会反而进入了调整期。命运给每个人的生活都踩了一脚刹车。是抱怨，是躺平，是积极反思，还是蓄势待发？疫情这个"命"对每个人都是一样的。但是，如何看待疫情，就是个人的选择。同样的命，不一样的运。

命运也给了我同样的挑战。

当时有一位朋友和我说："吉老师，疫情一时半会儿是过不去的。蒙特梭利教育对目前受疫情影响的儿童心理和家庭教育有用吗？"

"当然了……"我叽里咕噜说了一堆。

她一听："蒙氏这么好，你们为什么不让更多的家庭受益？实体学校能帮助的家庭太少了！你不能只停留在目前的输出模式上……"

那次谈话后，我和我先生陷入了长时间的反思。曾经，我想过一堆的理由不做任何的改变，认为维持现状一样可以生存。

人很容易就会在命运的河流里沉沦，说服自己是最难的。

人的大脑机制总是趋利避害，懒惰是天性。虽然不知道疫情何时结束，然而和改变相比，维持还是简单的。但是，心底总有声音尝试高声唤醒我：是时候改变了。经过几轮自我斗争，我做了决定：要把二十多年的经验向外输出，不再依赖实体教育，要运用更多的媒体手段，跟上时代的发展；并且坚定初心，以孩子为本，把儿童教育、亲职教育、个案咨询、团体咨询都打磨成产品，重新出发。

做完了这个决定，我便开始着手制订学习计划，没有人可以不做任何准备就踏上新的赛道。三年疫情，是命运的安排，我开始了心理咨询赛道上的奔跑。由于我心理学博士的研究方向是应用管理心理学，因而对企业管理和心理学的关系也有了新的认知。

　　媒体的风光，教育行业的低调，都是我的经历。感谢命运给我机会，有幸投身媒体和教育行业。

　　谋事在人，成事在天，在命运的拐角处，我不会懈怠。

第二部分 亲子教育

无边、无分别的智慧源于利他人的慈悲，智慧的教养不应该被个人利益左右。

每一个孩子，都配得上这个世界最好的一切。

第四章 "听""见"孩子

我喜欢舒缓的音乐，享受在柔美的音乐里闭上眼睛，自由舞动。

姥姥说，从我一岁起，只要收音机一放音乐，我就会跟着音乐跳舞。在大衣柜的镜子前，我头上围着枕巾，身上披着被单，耳朵上别着回形针，跳得投入而忘我。

姥姥对我妈说："这孩子，跳得好啊！以后是要吃文艺这碗饭的！"

我不知道我跳得有没有姥姥说的那么好，但跳舞给我带来快乐是一定有的。因为处在对音乐旋律的敏感期，我对舞蹈表现出了特别的兴趣。

兴趣是把生涯钥匙

那时候，邻居和爸爸的同事们常说："来来来，老吉的女儿很会跳舞，来一段。"因为总能赢得大家的啧啧称赞，我也就越来越有自信，所以，每次我都大大方方地来上一段。幼儿园中班时，我被选入了虹口区少年宫的舞蹈队学习民族舞。宽敞明亮的排练厅，漂亮的演出服，表演时抹上的红嘴唇，这一切都满足了还是小女孩的我的内心需求。

所以，我特别努力，特别能吃苦。家里电视机每天晚上七点才打开，全家坐在客堂间看《新闻联播》，熟悉的片头曲响起，屏幕上的那个地球一转，我每日练功打卡的时间也就到了。我会在电视机前压腿、下腰，还让奶奶给我增加难度。奶奶最疼我，她从来都是舍不得的。

努力获得了回报，少年宫跳舞排位置，我每次都在第一排中间，现在叫C位。周末，少年宫接待外宾表演总有我的节目，有时是印度舞，有时是孔雀舞。演出结束，还有小礼物或者一袋静安面包房的椰丝面包作为奖励。

在学习舞蹈这件事上，爸爸和奶奶给了我极大的支持。每周两次，我爸爸会开"小乌驹"三轮车或骑自行车送我去跳舞。他没时间的话，奶奶就会坐21路公交车送我去，从来不缺席。他们默默地接送，走的时候会叮嘱一句"我一会儿来接你"，风雨无阻地满足我的小小爱好。

爸爸和奶奶都很喜欢看我跳舞，常常会从舞蹈教室的门缝里找寻我的身影。我记得有一次——忘了是汇报演出还是舞蹈考试——爸爸竟然爬上窗户外的一棵大树，一只手抱着树干，另一只手不停挥舞着和我打招呼。我又惊又喜，要知道，我们的舞蹈教室可是在二楼！

每次看着我蹦蹦跳跳地从舞蹈教室出来，他们比我还开心。这让我一次次地在音乐和舞蹈中获得心流体验。优秀的教师，加上爸爸、奶奶无怨无悔的陪伴和支持，还有表演时为我鼓掌的观众，缤纷的舞台，就如同蒙特梭利教育理念所提倡的，两个匹配儿童发展的要素——预备好的成人和预备好的环境，妥妥地全有。

　　我时常回想这些兴趣是如何进入我的成长历程的，在这些兴趣背后我的身心成长轨迹是什么。作为母亲和教育从业者，我不希望因为我的忽视或错误解读，错过了孩子们真正的成长需要。读懂他们的内心，让每个孩子都能拥有"一生受用的兴趣"，并获得内心充盈的感受，开心时可以助兴，伤心时可以宣泄，是非常重要的。

　　积极心理学奠基人之一、心流理论的提出者米哈里认为：心流是意识和谐有序的状态，即一个人完全沉浸在某种活动当中，心甘情愿、纯粹无私地去做一件事，无视其他事物存在的状态。借助舞蹈这个爱好的被满足，我获得了美好的心流体验。

　　这种体验本身带来莫大的喜悦，甚至让人愿意付出巨大的代价。拥有心流体验有助于培养一个更坚强、更自信的自我。同时，这个自我能够用更多的精神能量，专注于自己选择的目标。在心流状态下，意识全神贯注、秩序井然，有助于自我的整合。当思想、意识、感觉都集中于同一个目标上，自我体验也臻于和谐。当心流结束时，会觉得内心和人际关系都比以前更完整。

当年的社会环境相对单纯，家长还没那么功利，这反而让我们这一代孩子有更多机会获得心流体验。

以竞争为目的的专注行为无法获得心流体验。竞争的副产品是残酷的患得患失，它带来的压力一定会让我逃避练习，无法享受舞蹈带来的快乐。爸爸和奶奶并不要求我必须成名成家，老师也没有要求我考级获奖。竞争是成人世界的事，它不应该属于孩子。

在爸爸和奶奶非功利的引导下，舞蹈一直助力我的成长。小学五年级，我考进了中福会少年宫的小伙伴艺术团。本想一直发展舞蹈事业，很可惜我的身体条件不达标，没有进入专业院校。这个爱好就只能是爱好了。

不能成为专业舞者虽有遗憾，但是跳舞的经历却为我的成长之路加分不少——从小练习跳舞，我身姿挺拔，站有站相，坐有坐相。后来做主持人，台上一站少说四五个小时，我永远站得笔挺。后来考中戏、北电、上戏，也并没有请舞蹈老师进行考前辅导，但是舞蹈这个单项我都是加分的，靠的就是童子功。舞蹈虽然没有成为我的终身事业，却帮助我打开了人生不同领域的大门。

兴趣是把生涯钥匙。要获得这把钥匙，家长的认知非常重要。坚信培养兴趣对人一生发展的重要性，并帮助儿童养成良好的兴趣习惯，都需要父母正确的引导。

不要没有标准地赞美孩子

今天，为了匹配孩子的发展，家长们已经开始注重自我成长和自我反思。

家长们从多种渠道学习育儿知识，学习运用各种方法跟孩子交流，从对孩子随性的教育，到经过一段时间学习后，学会自我反思，不再随口就说，张嘴就来。社会进入了一个新的育儿阶段，成人每说一句话都要斟酌半天，面对孩子好像不会说教，也不敢说教了。这是成人自我觉知提升的表现，意识到自身言行对儿童的影响，是最终呈现积极亲子关系的一个必须经历的阶段。

作为家长不能流畅表达的原因，一方面是我们开始意识到，孩子作为一个独立的个体而不是我们的附属品，需要被尊重，不能随意吆三喝四。另一方面，我们在成长过程中，没有经历过这样被尊重的正向体验——我们的父母，很少对我们的努力表达肯定和赞美，有的只懂得浅层的表扬，有的甚至从来不赞扬自己的孩子。育儿路上，我们只能照本宣科，自然事倍功半。

当家长对孩子言语严厉，甚至动手打骂时，那便是惩罚式教育。惩罚有短期效果，但长期来看，不仅破坏亲子关系，还会打击儿童的自信心。缺乏自信，没有"我可以"的信念，孩子会失去探索的勇气和面对挑战的能力，无法有效地实现角色社会化。

所以，惩罚是不可取的，而没有标准和边界的赞美同样会对儿童成长造成伤害。

有些家长为了杜绝惩罚的不良后果，又走向了另一个极端，只说好话和软话，认为一味地肯定和赞美，不和孩子有任何冲突，就可以建立孩子的自信，同时保持良好的亲子关系。

这样的家长不明白流于表面的褒奖，与看见并肯定孩子某方面付出的鼓励之间的区别。对于 21 世纪的新生代，他们不满足于简单的表扬，他们需要更多的情感包裹，需要更多地被"看见"。但是，成人会错误地给予孩子泛泛的表扬，夸大的赞美会让孩子"上瘾"，成人还以为这样的表扬可以满足孩子的内心。

以获得成人赞美为目的的行为，当赞美的需求没有被满足时，孩子将失去信念的支点，丧失自我价值感，失去行动的目标和持续的内驱力，导致社会情感缺失，失去归属感。

在甜言蜜语中建立的信心是空中楼阁，是脆弱的、不稳定的。因为放弃了批评，边界感没有了，是非对错消失了，反而会让孩子无所适从，无力面对困难，容易情绪失控。

特别要提醒的是，无论什么时代，带有功利色彩的鼓励和肯定都无法触及孩子的内心。因为，功利一般是出于成人的目的，孩子则内心纯净。所以，要从孩子的角度出发，发现孩子，鼓励孩子，满足孩子。

家长们在惩罚和骄纵两种极端教育态度间游走，游移不定。

在成人这种混乱的情绪中，孩子的认知发展也变得无序。有这类困扰的家长不在少数。很多家长学习越多、了解越深反而更迷茫，各种理论在大脑里打架。

我从事了二十多年的蒙特梭利儿童教育，同时学习了心理学，接触了各种不同流派不同时期的儿童教育理论。所谓"一看就会，一用就废"，作为母亲的我也经历过理论和实践脱节的情况。

大师们说的都对，为什么用起来却是另外一回事儿？是我出了问题，还是孩子出了问题？在多孩家庭里，同样的方法，老大好用，到老二就失效了，这是为什么？无论是懂理论且有经验的家长，还是初为人母的亲职小白，到最后都一样且行且蒙，这又是为什么？

既然惩罚和骄纵都是亲子沟通的错误表现，那什么才是正确有效的沟通方式呢？

答案就是："听""见"孩子！

人和人之间的交流，信息传递的损耗是很大的，文字和语言的表达有限，对个性的理解有偏差，这些都会让我们彼此间的解读失之毫厘，差之千里。

当我们试图表达一段信息的时候，从说到听，从听到懂，从懂到行，每个环节都会产生损耗，大大增加了沟通中彼此理解的难度。这种沟通损耗存在于每一种关系中。亲子关系的沟通就更难了，因为我们的对象是孩子。你听见、看见的不一定是孩子真实的表达，有时甚至正好相反。

一切有效的亲子沟通，都首先基于成人有这样的心理预备。所以，"沟通"这两个字，真正的含义是双方的信息交换，不只是我们说，孩子听。不要以为他们小，就不和他们深入地交流。有时候，不是他们说不清，而是我们听不懂，是我们不够有智慧。孩子需要得到匹配的尊重以及有耐心的沟通。

回头看，我的兴趣养成之路还算顺畅，但也有遗憾。爸爸和奶奶虽然没有给我设立成人价值观的目标，让我避免了竞争之苦，但是如果我能够和他们分享沟通，那么他们会更理解我喜欢舞蹈的原因。而我有了听众，对舞蹈的感受得到了共情，有了共同的话题，亲子关系就可以在更有效的沟通中得到滋养。

学会分享感受的好处有很多。

首先，可以提升亲子关系，孩子需要的不只是我们成人物理上的陪伴，更需要心灵的陪伴。

其次，可以促进孩子语言能力的发展，因为孩子在分享过程中，会听到来自成人的反馈，这种输入输出的互动，会提高孩子的逻辑能力和表达能力。

此外，还能加强孩子对社会情感的认知。

在阿德勒的理论里面，他最看重儿童的社会情感认知，他认为儿童认知出现偏差主要是因为其社会情感的缺失，比如只学习不跟人交流，或者由保姆带大，无法和父母建立情感关系。

这种被"听见"的感受，童年的我是缺失的。现在作为母亲，我深深了解孩子对分享的渴望。引导孩子学会分享自己的感受，在互动过程中，成人可以给出新的建议，再引导孩子去做更多新的尝试，提供足够的参考意见，为下一步的成长和发展提供更丰富的可能性。

建立良好亲子沟通的方法

我给很多家长讲过"如何建立良好亲子沟通"的课程，总结如下：

首先，没有一种关系可以一蹴而就，亲子沟通没有捷径。孩子越小越容易建立良好的沟通，这需要成人付出时间、关注、陪伴、耐心、智慧……孩子需要依赖成人的帮助完成成长。但是，成人的表现往往有着令人担忧的不稳定。

现代实践派儿童心理学奠基人德雷克斯说："孩子们的觉察能力很强，但是解释能力却很差。"儿童非常敏感，极具洞察力，又因为认知尚未成熟，更容易落入成人有意无意制造的目标困境。儿童会因为爱自己的父母或者身边的成人，无条件地迎合他们——对孩子仰着头急切渴望你回应的眼神，你一定不陌生。为了迎合成人的要求，孩子会努力去达成目标。所以，我们传递给孩子的语言，对他们认知和行为的引导，其实底层逻辑体现的是我们的世界观、人生观、价值观。

如果不需要教育孩子，很多成年人都不曾深刻思考自己的三观究竟是什么。所以，感谢我们的宝贝，让我们能够更了解自己。

不要辜负孩子和我们累生累世的缘分，他们穿越了时空找到你，选择你成为他们的父母，是为了完善你，让你得到成长。他们用不完美成就你的完备。所以作为父母，学习是本分，我们应该从自身出发。

当然，光"听"是不够的，同时还要去"见"——通过观察去互动，发现孩子真正的需求和爱好，或满足或引导。

在培养孩子兴趣方面，有些家长采取普遍撒网的做法，什么兴趣都尝试一下。声乐、舞蹈、围棋、网球、游泳，短时间内给孩子密集的体验，这么做会扰乱孩子的感受，孩子的感官系统不能细分出他真正的兴趣是什么。孩子天生对新鲜事物充满好奇并想尝试，但是这种好奇背后隐藏着不稳定性。太多的新鲜事物，高频率的刺激体验，会让这种不稳定的"兴趣"表现得更加明显，喜好反反复复。

如果通过孩子这种善变的行为来断定他的兴趣，作为成人，在这件事情上会备感挫败。很多家长也会给自己的孩子贴上"没有长性"的标签，殊不知孩子善变的表现，始作俑者是作为家长的成人。

所以，我们除了听见孩子，还需要看见孩子，需要通过一段时间的观察，而不是以兴趣班轰炸，来了解孩子的兴趣点。

儿童在成长过程中，为了满足自身不同阶段的生理和心理的需要，会表现出对不同事物强烈的兴趣。蒙特梭利女士在《童年的秘密》一书里提到，敏感期具有短暂易逝的特征，这种突出的表现只是为获得某种成长特性。

比如处在小肌肉群发展敏感期的时候，他们特别喜欢穿珠子、分豆子等类似的精细活儿，如果这一部分的兴趣被满足，小肌肉群得到了充分的发展，就为将来拿笔做好了准备。因此孩子的"兴趣"和成人认为的"兴趣"并不一样，也许成人认为没有意义的"玩"，恰恰是他们需要被满足的兴趣。如果你发现了孩子的敏感期，并满足了孩子这方面的兴趣需要，作为家长，你可以喘口气——你终于找到了"真相"。但这个兴趣也许不长久，请不要失望，因为新的敏感期会出现。成长的每个阶梯，都对孩子非常有意义。

其次，要有耐心。一次沟通找不到答案是正常的，不要焦虑，不要放弃，多次沟通才能拥有了解彼此的好机会。

接下来就是评估沟通的效果，得出结论——并没有量化标准，比如沟通几次可以达标等。因为参考因素太复杂，导致无法量化评估：比如你和孩子0—6岁建立的亲子关系水平，你的情绪管理能力，你的语言沟通能力，孩子认知的发展情况等。

另外，评估沟通的效果，可以参考彼此被满足的感受。比如，儿童情绪稳定，愿意分享感受等，成人的教养得到了孩子的尊重和认可。

简单来说，就是大家都开心。

所以不要纠结于耗费了多少时间，忘记你们关于这个话题沟通过"很多遍"这个事实。放下职场上追求绩效的惯性思维，别跟自己较劲儿，不要忘记我们的目标是更了解孩子。

　　玛利亚·蒙特梭利吸收性心智理论认为，不同成人的认知可以丰富一个孩子的心智，孩子从所有人那里吸收各种观点，然后整合成自己的理论体系，形成自己的精神世界。儿童通过成人环境和社会环境来组成他所需要的信息和知识架构，主动学习是被动学习的基础，一个不会主动学习的孩子，也不会被动学习。

　　所以"听""见"孩子，是给他们最好的礼物。

第五章 青春期性教育

我的母校市三女中是一所蜚声海内外的百年名校。过去一个多世纪里，学校培养了一大批杰出的女性，有众多的科学家、医学家、艺术家、实业家、社会活动家等。宋氏三姐妹，张爱玲，美国俄勒冈州副议长邓稚风，中国科学技术部前部长朱丽兰，中国科学院院士黄量，中国工程院院士陈亚珠、闻玉梅，艺术家顾圣婴、黄蜀芹等名人都毕业于市三女中，因此市三女中也被誉为"女子人才的摇篮"。

我的整个中学时代，我的花季，整整六年都是在市三女中度过的。在这所学校，我养成了良好的学习习惯和时间管理能力，明晰了作为女孩的行为边界，也完成了一部分社会角色的认知。

绝情谷和怪物岛

20 世纪 80 年代，我就读市三女中时，那里真的是纯净的圣地，厚厚的校门分隔出了两个世界。"两耳不闻窗外事，一心只读圣贤书"这两句诗就是校风的写照。当时我们就一个想法：考大学——似乎大学就是人生快乐的起点。

那个时代没有智能手机和互联网，人们的信息渠道单一。不过我们能接触到的课外书倒是很丰富，琼瑶、金庸、岑凯伦、简·奥斯丁、余秋雨等作家的书，都是我的最爱。

现代社会的一大特点就是信息爆炸。各种文化的冲击就像12月的冷空气，无孔不入。现在要找到市三女中这样一个与世隔绝的"绝情谷"，几乎是不可能的。

金庸笔下的绝情谷绝的就是男女之情、世俗之情。十三四岁的豆蔻年华，青春懵懂，没有了情感消耗，在客观上确实保证了学生能够把几乎所有的精力都用在学习上。很多家长认为，市三女中人才辈出就是因为这个原因。

六年的女中生活，我除了读书，只有在寒暑假有一些社会实践的机会，零零散散地参加了几部戏的拍摄，以及一些和《十六岁的花季》相关的采访活动。我接触最多的异性，就是剧组里的小演员们。相比其他的女中同学，我的社会活动应该还算是多的。

市三女中旨在给女孩们提供一个纯净的学习环境，让她们集中精力学习，并不是希望孩子们真正断绝正常的情感发展。但是，在教师们的教学管理过程中，总会有些偏颇。

女孩们在初高中阶段会有各种情绪滋长，枯燥的学习生活里，各种行为都可以成为她们表达自己、抒发情绪的通道。

记得当年，总有些女生会耍小心机，用些小伎俩"调剂"学业生活。比如她们常常说前一天晚上在家看了什么电视剧，滔滔不绝地在课间休息时讲剧情——竟然还有时间看电视，这让我羡慕不已。后来听说，其实她们只是放烟幕弹，提前看了《每周广播电视报》上的剧情简介。

这类同学表现得天资聪颖，只是为了在大家面前证明自己比别人更优秀。在这样的"剧情"里面，我连参演的资格都没有，因为只有名列前茅的女生，才有资本炫耀自己事半功倍。

天赋不足限制了我的"表演"。她们描述的生活虽然听上去比我"丰富"得多，但我酸酸地猜想，她们真实的生活大概也是大门不出、二门不迈吧。

现在回想起来，当年的"暗斗"还真挺有趣的。这些在成人世界里只能算小儿科的戏码，倒是给我们当时的学习生活增添了不少情趣。

我一直以为爱"演戏"的学生只存在于我们女中，长大以后跟朋友交流才发现，原来这是普遍现象，这种学生每个学校、每个班级都会有。学习压力、竞争环境带来的情绪转换成言行，展现在别人面前的是他们聪慧且高效的人设，仿佛不费吹灰之力就能名列前茅。实质上，他们暗自努力、严于律己，不能接受落于人后，因为获得别人的认可后才能获得自己的认可。

以这种行为模式长大的孩子，当自己成为家长，会以同样的思维逻辑影响下一代。他们在人多的场合是一个优越自信的人设，内心另一个人设却在私下里暗暗和自己较劲，试图超越所有人。这样的家长会私下里给孩子施压，在课外安排各种辅导班，力争上游。他们不仅在自己孩提时代"演"，也把孩子拉进了这出"戏"，来满足自己"事半功倍"的优秀人设。"轻轻松松就可以超越别人"是他们给周围人的印象，这样的"优势"拉开了和别人的距离。他们不能敞开自己的胸怀和他人交往，也不希望别人了解他们的真实想法，无形中给自己树立了很多"假想敌"，也失去了来自同伴的支持。

扭曲的竞争让人绝情。把自己正常的社交情感需求封闭起来，这样的自我孤立才是真正无形的"绝情谷"。

我第一次和同龄男生共处一室的体验，就是在《十六岁的花季》招募现场。

《十六岁的花季》演员招募当天，有三五千人参加面试。遴选小演员的场地是一间教室。教室门口的走廊上，十几岁的男孩和女孩人头攒动，大家排队等着，十人一组进去面试。

这个场景让我特别紧张。紧张，并不是因为要独自应对考官。我从小学开始上台表演，台下再多人也不会慌。面对几个考官，我有点局促是肯定的，但不至于害怕。真正让我不自在的是——男生！我在市三女中读书，学校里没有见过一个同龄的男同学。习惯了学校里都是女生叽叽喳喳打闹的声音，突然听到公鸭嗓的男生轰轰地在我身边大声讲话，除了感到不适应外，更多的是相处中的不知所措。

后来《十六岁的花季》的拍摄场景，有一部分就选在市三的高中部。和男生同处一个空间带来的感受，对当时市三女中的女生们产生了不小的冲击。

市三女中一直以来谢绝外来人员参观，很多人都很好奇，向我打听江苏路500号里到底是什么样的。

电视剧里童老师的办公室，就在市三女中的五一大楼；韩小乐踢足球砸坏的校长窗户，是在五四大楼；还有教室外的戏，都是在市三女中的操场大草坪上完成的。当年拍摄时，剧组的几个男生很兴奋，因为终于有机会进入神秘的市三女中校园。

女中的校园里突然来了一群有男有女的陌生人，而且是进行电视剧拍摄，这在校园里引起了轰动。下课铃一响，面对草地的班级窗口就挤满了女孩子们好奇的脸，大家叽叽喳喳的，都想看看楼下这群"奇怪的人"做的"奇怪的事儿"。草地上正在拍戏的男生没心思好好演，偷偷往楼上瞟；楼上教室里的女学生躲躲闪闪，时不时传来好奇的对话和笑声。

压抑久了，总有春光乍泄的瞬间，再严谨的环境也阻挡不了少男少女们成熟的脚步。青春的萌动就在短短的课间十分钟里恣意流淌，像万花筒瞬间折射的阳光，成为女中流光溢彩的一幕。

课间休息时段是拍不下去的，导演只好等打了上课铃之后再继续拍。当年，战士强和杨晓宁他们几个男生开玩笑，给我的学校取了一个外号，叫"怪物岛"。因为校园里都是女孩子，连男厕所都找不到一个。就算现在我们聚会，他们有时还会拿当年的经历调侃我。

其实，当时对我们而言，他们才是一群真正的"小怪物"。

初中三年加高中三年，如果都在市三女中读完，能接触到同龄男生的机会是非常少的，当然也就降低了早恋的概率。谈到青春期的早恋，任何年代的家长和教师都是谈虎色变，避之唯恐不及。所以，这样一所没有男生"干扰"的学校绝对是所有女孩父母的首选。

我在市三女中的时候，好像从来没有教师和同学提过早恋这件事，也很少谈到男生相关的话题。只有在公布全市物理竞赛或者数学竞赛结果时，教师们会偶尔提及延安中学或者南洋模范中学的几个男生拿了第一。但是，教师们多数时候一定会补上一句：英语演讲和作文比赛还是我们市三女中第一。因此，在我的认知里，好像男生只是作为竞争对手而存在。

过去信息获取渠道狭窄，除了教师、课本传递的知识，就是经典文学作品和有限的几本言情小说。青涩的情感探索需求没有被完全唤醒，单纯无知的我们却也轻省。对于青春期的标志——第二性征的成熟，没有心理基础，也不敢在脑海里留下生理基础的记忆。

身处信息爆炸的今天，孩子在青春期面临没有边界的诱惑，学校再厚的围墙、再高的校门也阻挡不了外界对他们荷尔蒙的呼唤。除了早恋，还有更多的洪水猛兽在暗处蛰伏。

面对隐藏的"敌人",最好的方法就是坦荡荡地对待,父母和教师应该把敏感话题放到桌面上来讨论。过去,整个社会相对没那么开放,青春期教育可以只是生理卫生课层面。但在今天,性教育的内容应该匹配这个时代的发展。

哥哥的口欲期

今天的青春期性教育到底是什么?它应该包括哪些维度?什么时候教?由谁来教?这是一个需要全社会共同提升认知的领域。

性教育牵涉到生理、心理、法律、伦理、道德等诸多方面的内容。我最初认为中国传统文化对这块内容讳莫如深,孩子的成长过程也深受社会上对性言论排斥的影响。可是,当我开始深入了解中国的文化历史之后发现,"排斥"并不是古人对性的态度。虽然如此,基于中国传统文化讲究方圆规矩的逻辑,不随便在公开场合谈论性文化确实是一种尊重的表现。

性是顺应天地的事儿。商周时期,最早论述性的典籍是《周易》,如《系辞》云"天地氤氲,万物化醇,男女构精,万物化生";又云"一阴一阳之谓道""生生之谓易"。它的意思就是男女之间的结合以及繁衍子嗣,这样的行为是合乎天地阴阳之道的。

古语云"不孝有三,无后为大",传宗接代是中国人重要的人生价值取向。所以古人非常重视性教育。在古代，只有帝王将相、宗室贵胄才有机会进入私塾进行性知识的系统学习，在家里哪怕是父子也不宜相授。男女结婚之前，会有专人对他们进行"婚前教育"。古代人结婚很早，恰好相当于现在的青春期年龄。

所以自古以来，这些话题都是在特定的时间、空间谈论的。现在，教育界在各个领域修正大家对性知识、性话题的认知，不公开谈，不是因为这个话题不堪，而是它和其他维度的知识一样，需要被正确对待。

对中国传统文化进行了解后，我的态度改变了；蒙特梭利儿童教育理念则让我从更多的视角认识性教育的重要性，并思考如何输出才能行之有效。

今天，性教育不应该仅限于针对青少年阶段。人从出生开始就受到性心理、性生理的影响。不论你是否觉察，它都在影响我们的言行。

蒙氏教育体系和中国现有学前教育不太一样，关注的儿童年龄从 0 岁（胚胎阶段）开始，而中国传统学前教育的起始年龄是 3 岁。蒙氏看重的 0—3 岁的教育，在我这一代人的成长过程中是被忽视了的。

对这部分有兴趣的家长可以去看《童年的秘密》《有吸收力的心灵》这两本书，书里对 0—3 岁蒙特梭利教育理论及操作方法有详细的介绍。

最近几年，政府对0—3岁的婴幼儿教育也开始重视。蒙氏教育从胚胎状态开始关注个体成长，就是常说的胎教。蒙氏胎教和中国式胎教的重点不同，中国式胎教关注的是宝宝在子宫里的发育状态，而蒙氏在这个基础上，更看重孕妈妈的生理和心理状态。

玛利亚·蒙特梭利女士是一位医学博士，她从生理和心理角度证明准妈妈的孕期状态，对胎儿出生后的成长产生直接影响。她认为，个体从生命的起始阶段就受到胚胎环境的影响，所以，对性教育的关注也应从胚胎开始。

弗洛伊德是精神分析学创始人，认为人的一生都和性有关。他提出了"力比多"（性冲动）概念，人类的活动受力比多的影响，性冲动是人类行为的内动力。

弗洛伊德把性心理发展分为五大阶段，每个阶段都有其发展的最佳窗口期，分别是：

口欲期：0—18个月；

肛门期：18个月—3岁；

性器期：3—6岁；

潜伏期：6—12岁；

生殖期：12—18岁。

所谓口欲期，就是这个阶段的生理需要来自喂养，弗洛伊德认为喂养是婴儿性快感的主要来源。

分享一个我大儿子处在口欲期阶段的实际案例。我大儿子已经十岁多了，到现在还有吃手的习惯。那么他吃手的行为和婴儿口欲期是什么关系呢？

要将这件事写进书里，我提前和他沟通过。他一开始是有压力的。因为他知道这不是一个好习惯，说出来会有损他的形象。我告诉他很多成年人现在也有这样的问题，很多小宝宝将来也可能有这样的习惯。如果你也认为吃手不健康，那你的经历和感受很可能可以帮助他们，思考的过程也可以帮助你自己。他说："那好吧。"我看出他的犹豫，接着说："出版前，你觉得不合适或有压力，我们就删了。"他点了点头。所以，公开以下案例我已经征得了他的同意。

哥哥（我的大儿子，我们家里习惯称他为"哥哥"）两个多月开始吸大拇指，我知道是口欲期到了。我自己是蒙氏0—3岁教育的国际认证老师，清楚知道吃手在这个阶段对婴儿发展的重要意义。吃手时，婴儿的手眼协调得到了锻炼，也加快了手指的功能分化，帮助他们发展出越来越复杂的手指精细动作，比如拿东西、扔东西、串珠子、写字。而且吃手是婴儿和自己身体的互动，刺激自我控制能力的发展。

和拥抱妈妈、吸吮妈妈的乳头相比，吃手的感受完全属于自己，是自我开始发展的表现。发展心理学家皮亚杰提出0—2岁是感知运动阶段。这个阶段里，婴儿需要通过反射、感觉和动作与环境的互动来学习。所以，口欲期是通过嘴来探索世界。

口欲期的探索是需要多种刺激的，需要软、硬、冷、热等不同的体验。一岁左右是哥哥用嘴探索世界的高峰阶段，什么都抓来往嘴里放。家庭环境要匹配每一位家庭成员的生活需求，对处在口欲期探索阶段的哥哥来说，并不是完全安全的。你不知道什么时候他会把什么东西放进嘴里。同时，我时刻提醒自己，不能简单地因为不卫生这个理由，阻止儿子这个行为。就算他有时候拿起拖鞋就往嘴里放，我也不能尖叫着把拖鞋从他手里抢过来训责他，而是要转移他的注意力，让他放下手里的拖鞋，转身去找别的玩具。

曾经有家长告诉我，她十个月的宝宝把一对珍珠耳环放进嘴巴和鼻孔里，后来去医院才拿出来。这样的意外，作为母亲听到后都会胆战心惊。

相比家庭环境，为0—15个月婴儿预备的蒙特梭利教室更安全。预备好的环境满足儿童发展需要，并保留一定的挑战，让孩子积极探索，获得自信。所以，哥哥八个月大就进了蒙氏幼儿园的婴儿班。在这样的环境里成长，他虽然没有把危险的东西放进自己的嘴里，但是，他表现出的口唇探索欲明显高于其他孩子。

如果婴儿的需求因为种种原因没有被满足，探索过程被过度阻止，会导致婴儿探索世界的愿望受阻，在以后的发展阶段时时会表现出不安全感，很难对他人产生信赖。婴儿会将关注点从外在世界转移到自己身上，并产生焦虑情绪。成年后有咬指甲的习惯、吸烟等嗜好的人，也是因为童年时期因未被满足而产生的焦虑需要缓解。这些，是弗洛伊德派的观点。

我知道，到了哥哥六个月大，我需要转移他对手指的依赖。所以，为了满足哥哥的口欲期需求，又能相对卫生安全，我开始给他买各种安抚奶嘴，但是他不喜欢。有时候硬把手指拔出来给他安抚奶嘴，他还会恶心哭闹。我索性放开，让他自由，想吃就吃。我想，顺其自然也是一种应对的方式，干脆充分满足他的需求。

我当时觉得吃手也没什么大不了，等他长大自然就不会吃了，而且看他吃手的样子好可爱，我还拍了很多照片和视频。后来随着他的长大，可爱的吃手变成了问题行为。过了口欲期的年龄段，哥哥还是很依赖吃手带来的安全感。每天睡前他一定会吃手，有时是下意识的，因为那样他才能像婴儿一样入睡。有时候他入睡时没有吃手，但是醒来时大拇指却在嘴里。

我问哥哥吃手的感受。他说，就是很有安全感很熟悉的感觉，不知不觉地把手放嘴里，控制不住，特别是一个人做作业、看电视的时候。还有入睡前特别想吃手，这样很快就能睡着。在学校或者有别人在的时候，他是想不起来吃手的。

所以，对他而言，吃手确实可以在一些时候安抚自己。他通过这种方式来获得最原始的自我满足。焦虑、不安、恐惧、有压力、过度无聊等情况，也可能会诱发他吃手的行为，更表明他对吃手行为的依赖。

对于哥哥这样的情况，因为他肯定已经过了口欲期，所以可以说他现在的吃手是一种成瘾现象。当然，我们不会在他面前直接这样说，这会给他造成很大的压力和不安。

为什么会造成这样的结果？我们夫妻也讨论过。并不是没有满足哥哥的需求；相反，他爸爸有过度满足的嫌疑，让他一味沉浸在吃手的快乐中，没有及时转移这种过度的依赖。

我反思后认为，忽略了口欲期这个阶段的时间边界，错过了调整的最佳时机。等我们意识到这一点的时候，哥哥已经四五岁了，无论我们怎么提醒，他还是会躲着我们偷偷吃手，一直持续到小学。他自己也知道这是一个不好的习惯，但是改不了。以前是我们着急，现在是他自己更迫切地想改变。

从认知到行动再到养成习惯的过程很漫长，如果错过了最佳改变时机，他就需要付出更多的努力用意志力控制行为。一旦能够做到，那后面我们担心的真正成瘾现象或者情绪焦虑，就都不会发生。因为"因"改变了，"果"也就随之改变。

性教育的三大维度和三个阶段

上面我们讨论的是口欲期对我大儿子现在生活的影响。所以，性教育范围要用开放的视角来看，不能只是局限于人类繁衍的知识。对性的认识，应该是多维度的，这样我们才能更客观地看待这个问题。

和性相关的概念有很多，我这里列举三个容易混淆的概念，帮助我们更全面地看待性的维度。

第一，是生物学维度的性概念，指男女在生物学方面的差异，比如遗传学、内分泌学、解剖学等方面的生理差异；

第二，是心理学维度的性别概念，指男女在人格方面的差异，如男性人格特质和女性人格特质；

第三，是社会学维度的性别角色概念，指社会对男女在态度、角色和行为方面的期待。

你会发现，有些人生理上是一个性别，但是心理上也许是另一个性别，或者同时具有两种心理性别。还有，社会对男女的态度，也决定了男女以什么样的言行表现自己的性别角色。个体要建立正确并稳定的"性别认知"，并在社会上有相匹配的表现，这种性别的恒常性，是行为和思想交互作用的表现。

除了这三个维度，我研究的感因系统教育，把成人前性教育又分成三个阶段，如果你的孩子正处在这三个阶段，相信对你会有参考价值。

第一个阶段是2—3岁，这是生物学的认知阶段。

这个阶段，成人应该让孩子知道自己是男孩还是女孩，男孩和女孩身体上有区别，比如爸爸和妈妈的身体不一样。另外就是孩子对生命的认识，要让他们知道自己是爸爸妈妈爱的结晶，男孩和女孩都是爱的产物，不是羞耻的、肮脏的。

在介绍男女生理结构的不同时，可以同时教授其他身体器官的名称，最好不要单独讲授性器官，这会让孩子觉得性器官的地位和其他器官不一样，要区别对待。

这个阶段处在语言的敏感期，此时要直接告知孩子身体器官的准确名称，不要用代号。如果爸爸妈妈自己不好意思讲出这些器官的名称——你在教孩子的过程中表现出了害羞、羞耻、躲闪等表现，那么这将成为孩子对待这些器官的态度。

最开始，我在教我大儿子性器官名称的时候，总有种说不出的尴尬。后来，我找到了几个绘本帮助我尝试自我突破，如《小鸡鸡的故事》《乳房的故事》《我们的身体》等。还有一些书是教孩子对私密部位简单的自我保护和求救方法，都非常实用，也减少了我们的心理障碍。

作为父母，我们应该给自己先补上这一课。身体的任何一个部分都应该被平等地对待，告诉自己性器官和自己的消化系统是一样的，都是为整个身体服务的。改变这个认知，对我们这代人是个挑战，我们从小就没有被这样教育过。如果不想我们的孩子再缺失这样的科学认知，产生相关的表达障碍，我们就要调整我们自己，和孩子们一起上好这一课。

我的双胞胎儿子今年五岁。在他们两三岁时，有几次他们问我："为什么班里的 Sophia 是坐着尿尿的，而我们都是站着尿尿的？ Sophia 也有鸡鸡吗？"

我回答了他们的问题："Sophia 是女生，女生都是坐着尿尿的，女生没有鸡鸡。你们是男生，和她不一样。"

我觉得是时候给他们做持续的第一阶段性生理教育了。我和先生沟通了这件事，做了分工。我给孩子们讲绘本，是关于生理结构和生命繁衍的简单书籍。爸爸陪他们洗澡，指给他们看自己的身体部位，和绘本有个呼应，并教他们如何清洁和保护身体。

陆陆续续给他们讲了几本介绍生理结构的性早教书之后，他们很好奇地问了我有关图片的一些问题。我和双胞胎的主教老师沟通了他们的疑问，主教老师反映，发现他们最近会观察别的小朋友上厕所。

我和老师达成一致，在家里和学校同时给孩子们做人生第一次的"性教育"。从生理层面讲差异，从心理层面满足好奇心，另外讲解对私密部位的尊重和保护。有绘本，有故事，还有简单的纪录片等，同时也在生活实践中习得，润物细无声地给孩子们做个性化的教育。

我发现过了这个阶段，他们也就不再对这方面的话题感兴趣了。可见，性教育也是有匹配的时间段的，及时发现、及时满足非常重要。

第二个性教育阶段，需要关注孩子的心理层面了。比较合适的时机是七岁，也就是小学阶段。

从幼儿园升到小学对儿童的挑战是非常大的，需要适应新的环境、新的规则、新的人群、新的作息。这里说一点幼升小阶段家长存在的误区，这些误区也会影响进入小学阶段七岁儿童的性别心理。

孩子要面对升入小学的挑战，不应以小学开学第一天作为一个拐点，而是需要提前准备。很多家长都认为已经为孩子做了足够的准备，比如大量地给孩子补课，学习拼音认字加减乘除，和小学教学无缝衔接。这是本末倒置！

幼升小的准备包括生理和心理方面。让孩子养成规律的作息和自理能力，在心理上为进入新的环境做准备，这些才是父母要做的。同时需要幼儿园配合，给孩子提供足够的提前量，降低进入新阶段、新环境的冲击。

有些家长会选择在幼儿园大班给孩子转学，从熟悉的幼儿园环境，换到陌生的对应小学学区的幼儿园。这个节骨眼给孩子换环境，会弄巧成拙，"孟母三迁"不能用在这个阶段。要知道，0—6岁的儿童，对环境稳定性的要求处于一生中最高的阶段。

相反，有些家长对幼儿园阶段教育不重视，从小放任，认为进入小学才需要开始讲规矩。幼升小前后，父母的态度突然一百八十度大转弯，孩子被弄得不知所措，造成还没进小学就厌学的情况。

学校环境和生活环境的改变，加上家长态度的反转，孩子极易产生情绪波动，无形中增加了孩子的身心压力。

当正式进入小学后，教师陪伴学生的时间大大减少，儿童独立解决问题的概率大大增加，儿童需要展现更多的自主权和表达自我的能力。

6岁，儿童进入小学，得以进入自己可以有所选择的社交群体。这时候男孩和女孩彼此关注的并不是身体的差异，而是在群体中的行为表现。大多数情况下，男孩和男孩玩，女孩和女孩玩，相对排斥异性。孩子在社交情景中完成对性别社会性含义的认知，这是其性别恒常性的建立过程。所以在前小学阶段，父母和教师应该给予孩子足够的能量积蓄，使他们可以通过行为、语言，在小学的集体活动中积极表达自己的看法和树立行事风格等，使得性别分化更为明显和强烈。这些能力基于成长环境以及家长稳定的情绪支持。

以我大儿子为例，他天生很享受社交。在幼儿园，他和任何人互动都没有障碍，和教师、同学、同学家长都可以马上打得火热。虽然他是我儿子，但是我俩的社交能力正好相反。我思考他这方面的能力来自哪里——一定不是遗传我。小学前的社牛，天生的性格是一方面原因，另一方面是我们给了他足够的社交支持和肯定。在幼儿园，他习惯与男同学和女同学打打闹闹，就算勾肩搭背也不会被女同学拒绝。

蒙氏混龄教学的环境中，3—6岁的儿童在一个教室学习，更好地满足儿童丰富社交和相互学习的需求。哥哥有很多的好朋友，其中不乏女生，也不分年龄。幼儿园的男女生没有特别的交友界限。不是哥哥不能分清男女性别，而是对男女性别差异的行为表现还没有那么敏感。

幼儿园和小学的社交有一道明显的分水岭。

进入小学阶段，我明显觉得他在社交上有受挫的经历，他交的新朋友都是男同学，一个女生也没有。我好奇为什么，他说："女生不愿意和男生交朋友，觉得男生很吵，每天都在打架；男生也不愿意和女生玩，她们每天叽叽喳喳好矫情。"

环境的变化，让性别角色越来越清晰，差异更明显。男孩的担当、独立、充满力量、目标导向、勇敢、高能、不拘小节、喜欢挑战、喜欢肢体冲突等特征，到了小学阶段会凸显。因为进入小学全新的环境，男孩首先会选择和自己性格相似的男生互动，因为更匹配彼此的生理和心理需求。而女孩渴望合作、温柔、羞涩、胆怯、敏感、情绪化等性别特质，也在同性的社交中得到了充分的发挥和满足。

男孩从父亲那里学习如何变成男人，女孩从母亲那里学习如何变成女人。在我们家，爸爸的任务比较重，儿子们的"男子汉教育"要仰仗父亲的言传身教。我先生在这部分做得非常好，有担当、有责任感、正义、刚毅、大度等男性性别特质，都很好地传输给了孩子们。比如，疫情期间居家时，我先生带着儿子们骑自行车给小区邻居送物资。双胞胎为了更快送货摔了几次跤后，把骑自行车都学会了；每次做核酸，我先生和孩子们都会提前把自己都舍不得吃的巧克力分好，送给志愿者表达谢意；虽然家里物资也不多，他们会拖着滑板，开开心心地把大米和油送给执勤的保安叔叔。

当然，孩子们这点事儿，在疫情期间不算什么，社会上有更多值得分享的人和事儿。但是从教育孩子的角度来说，这是一次难得的机会。所以，黑氏兄弟在我们社区很有名，不是因为我，而是因为他们疫情时的行为。我们认为有担当、积极、坚强、勇敢、热情、大方，都是男孩子的美德。

如果缺少同性的榜样，没有建立性别认同，在这个阶段你可能会发现，有些男孩子有娘娘腔的表现，女孩子可能有假小子的倾向，他们并没有按照自己的生理性别发展心理性别。所以，进入小学后，家长和教师需要做正确的引导，更多地教育孩子们认知男性和女性的心理特质，建立正确的性别角色认识。榜样的作用很重要。注意，是榜样而不是偶像的作用。我说的"偶像"是指网红、明星中个别形象或言行不男不女的人。社交媒体对他们的各种宣传，对正处在建立性别恒常性阶段的孩子来说，绝对是错误的引导。男孩化浓妆，女孩男生装扮——也许，我过于传统，但我一定不会给我的孩子树立这样的模仿对象。

第三个阶段，就是青春期。在这个阶段，人要学会建立生理和心理的自我同一感。

青春期是一个人第二性征成熟的阶段，相比无法判定的心理成熟，生理的成熟是踩着点如约而至的。也就是说，到了一定的年龄，生理上的成熟无法抑制。

但是青春期不能只解决生物学概念上的问题，也不能只完成一个维度的成长。心理上，这个阶段要建立重要的同一感。我接触的成人咨询中80%以上的问题都是出在同一感混乱上。

所谓自我同一感，是一种关于自己是谁，在社会上应占什么样的地位，将来准备成为什么样的人，以及怎样努力成为理想中的人等一系列的感觉。

埃里克森的人格发展八阶段理论是这样描述青春期的：此阶段的发展任务，是建立自我同一感，防止同一感混乱。

跨入青春期的个体，由于身体迅速发展和性器官的成熟，以及所面临的种种社会义务与选择，会对过去怀疑，对将来迷茫，现实的自我与理想的自我难以统一，这就是同一感混乱。如果个体在进入青春期之前，有较强的归属感、自主感、主动感和积极感，就容易实现自我同一感。

我接触过一个案例。一个刚进入职场的年轻人，和我聊他的职场感受。他本以为在大学毕业后会迎来五光十色的职场体验，但他入职后始终提不起兴趣，和同事、同学的互动也非常少，更不愿意和家人沟通。我了解到，因为三代单传，他在童年时一直被全家人溺爱，没有在失败和冲突中进行过自我探索。到了青春期，父母只关注他的学习，其他事儿都顺着他，他几乎没有挑战父母的可能。这么多的经历，并没能让他在匹配的环境中建立稳定的同一感，他不知道自己的价值到底是什么，好像别人都不认可他。他觉得被孤立，迷茫而颓废。没有建立同一感，当然也无法利用同一感的经验去发现自己同一感的混乱。

多年从事儿童教育，我看了太多因为0—6岁教育的缺失造成的青春期和成人问题。所以在这里，我特别强调童年教育的重要性。

比如，自我同一感的培养，是从孩子出生后就已经开始的。婴儿得到母亲充分的关注和爱的抚养，就可以和母亲建立良好的依恋关系，对外界产生信任感。童年的成长过程中，家长给予儿童支持、鼓励、欣赏，可以培养儿童的自主性和自信，使他们在青春期得以发展稳定的同一感。

所以回过头来看，第一阶段生理性别认知和第二阶段心理性别特质的性教育，是不是很重要？童年经历是青春期建立自我同一感的基础。

青春期所体现出来的问题，在童年时期就已经存在，只是儿童没有足够的能量表现罢了。青春期时受到了之前儿童期成长经历的影响，同样也会影响成年后的行为表现。儿童时期的成长经历，是青春期表现的因，青春期表现是儿童期教育的果；而青春期的经历，又将成为成年期行为表现的因，成年期就是青春期的果。世间因果，交互作用。

我明白，很多成人或者正在经历各个阶段育儿烦恼的父母会问："人的一生从一开始就会影响后来的每一个阶段，但时间不能倒转，那面对过去的缺失，今天我们还能做些什么呢？"

过去的已经过去了，不可能再回来。所以我们不需要为过去的遗憾耿耿于怀，努力弥补过去只是亡羊补牢。智慧的做法是积极向前看，改变于当下。今天努力获得的知识也好，能力也罢，都是为了明天更幸福更快乐的生活做准备。未来的美好，需要当下就开始着手去规划和实现。不想再重复曾经的错误，就要靠自我觉察、自我纠正的心理本能。在任何一个阶段，只要你有清明的觉察，抽丝剥茧找到原因，并转化为积极的行动，就能够对未来有积极影响。

积极面向未来的目的不是改变过去，而是接纳过去，从当下开始改变。坦然地接受自己和孩子已经经历的成长阶段，帮助自己或孩子建立当下正确清晰的同一感。

因为你当下的因，正是你未来的果。

第六章　生涯规划

先讲个黑色笑话。

去年，电视台一位多年的同事非常惋惜地对我说："雪萍，我们差不多年纪，职业生涯已经走到了尽头。"我跟她是多年的老朋友，从当年的东方电视台到现在的东方卫视，我们在电视行业的不同领域，有着各自辉煌的职业经历。

我一愣，笑出声来，直接怼了回去："也许你的职业生涯走到了尽头，我还有很多要做和能做的事！"确实，传统媒体日渐式微，像我同事这样的从业者已经跨过了不惑之年，但就此判定自己的职业生涯到了尽头，真的让我为她惋惜。

生涯主人

她为什么会认为行业受到冲击，职业生涯就走到了尽头？

到底什么是职业生涯？什么是生涯规划？又该如何做生涯规划？

我看过一本书，其中将"生涯"定义为一个人一生的事。

一生的事？一种职业不可能覆盖我的一生。每种职业都有特定的要求，比如年龄、学历、能力、身体素质等，我们都会受到职业标准限制，就像运动员受身体条件的限制，到一定年龄就会退役。每个人一生中都会从事一种或几种职业，每一种职业经历之间都有交互作用，是我们自我实现过程中的各个阶段。用"尽头"来形容行业的瓶颈期，确实狭隘了。

心理学上对"生涯"的解释，最为人们广泛接受的，是舒波的观点：它是生活里各种事态的连续演进方向；它统合了人一生中依序发展的各种职业和生活的角色，由个人对工作的投入而显露出独特的自我发展形式；它也是人生自青春期至退休之后，除了职业之外任何和工作有关的角色，如学生、受雇者、领退休金者，甚至也包含了副业、家庭、公民。

所以，就像一串珍珠项链，人一生中的多种角色串联起来，就叫"生涯"。生涯以人为中心，所有的生涯角色，只有在个人的主观意识想获得它的时候，它才能够呈现。

我们都是自己生涯的主人！

最初，我所理解的生涯规划，是一种产品的名称——很多有经济实力的家长，会花几十万甚至上百万请一个机构给孩子从幼儿园或小学开始规划学校、兴趣课、比赛、社会活动等——为将来可以进入世界顶级名校而提供的一条龙咨询服务。

几年前，我有一个公司高管朋友，咬牙准备给他读初中的儿子购买"生涯规划"产品，要七十多万元，这个金额超过他一年的净收入。站在 POS 机前，他打电话问我，到底有没有必要购买这种产品？如果买了，真的能实现机构的承诺，让他的儿子上常青藤名校吗？

这是他保住这笔钱最后的机会。我真的不知道答案，不能预知未来。但是我知道，我的态度会改变这七十万元的去向，我模棱两可，闪烁其词，说不出个究竟。其中的变数超过我的预判能力，也超过了他的预判范围。

我很心疼他，用钱给孩子买未来。

他望子成龙，机构的方案一下子就把孩子的未来定在了金字塔尖，让他无法拒绝。他知道，这个电话只是给他自己一点刷卡的勇气。

最后，他还是付了钱，目前还在静待这七十万元的成果。

从"生涯"定义来看，这个产品只能叫"学业规划"，谈不上"生涯规划"。是商家偷换概念，还是我过于刻板？仁者见仁，智者见智。

在这个七十多万元的"生涯规划"产品中，孩子是被规划者，没有自主性，没有自定义的生涯目标。如果这个目标是孩子自己设立的，那实现目标的过程，才会是他生涯中的一次经历。

但是，这个目标的组成部分一方面是家长的期望，一方面是机构的商业模式。在我看来，这是在成人社会设立的功利目标，孩子被动地实现别人的梦想——父母的梦想、机构赚钱的梦想。这是他生涯中实现他人目标的经历，被动地完成了他人设立的目标。

人只有完成自己设下的目标才会产生对达成的渴望，那是一种不灭的动力。所有的行为将会凝聚在这个目标的周围，人才会活出意义。个体心理学家阿德勒称之为"梦幻目标"。每个人的生涯都应该是主观的自我实现。

所以，主动性是生涯概念心理层面的重要特性。"生涯只有在个人寻求它的时候，它才存在。"这是舒波在生涯定义里的最后一句话。每个人都是自己生涯的塑造者。

换句话说，谁的生涯可以被别人规划？虽然一个人的生涯发展会受到社会、家庭、时代、基因等因素的影响，但是心理学研究发现，人不会被动地受环境制约，会做出相应的反抗、改变、创造等行为。

就像电影《哪吒》里那句"我命由我不由天"，那为什么还要由他人？

生涯决策

存在主义大师萨特有句名言，"我们的决定，决定了我们"。

所有的决策只有事后才能评价它，而不同阶段决策的评定都会受时间、空间、社会背景的影响。在时间长河的审视下，当时的决策不断改变它持续的影响力。同时，决策的结果并不是像我们想的那样非黑即白，一成不变。

假设有后悔药，我们实践了其他选择，过程中又会受到很多不确定因素的影响，所以，预期的结果同样并不完全如你所愿。设立目标的决策是主观的，达成目标则是主观因素结合客观因素的过程。任何决策都有两面性，就像太极图，黑中有白，白中有黑。从这个角度说，没有错误的决策，只有你不愿意承担的后果。

生涯决策至今没有一个被大家公认的理论模型可参考。也就是说，做决策这事没人能通过技巧和方法给你帮助。目前，人生的、职场的生涯决策宝典，都是事后的总结，确实可以供我们借鉴。借鉴来的经验需要转换成自己的认知，帮助自己做出决策，重要的是承担决策后果。不管你上了哪位生涯决策大师的课，学习了多么先进的生涯决策技巧，不要忘记，最后做决策的是你，承担后果的也是你。

体验过决策期的压力和无助，我们也要看到决策期正向积极的价值。每一次做决策的时机，就是生命的轨迹突破的时候，更多的可能性正在转角等待着我们。

所以，不要怕。

我的经历证明，不是所有的改变我们都能掌控，有的可以，有的不可以。

七十多万元买未来的故事说的是被别人主宰的"生涯"。还有一种，是自己不愿意主宰自己的"生涯"。之前说自己走到职业生涯尽头的同事，就把主宰自己生涯的权力交给了行业现状。

我们的职业生涯是否走到尽头，不应该取决于任何一个行业的兴衰。行业是顺应人类社会需求而产生的，为人类社会服务，人不应该受困于行业变革。社会在进步，行业就会为了不断匹配这种进步而自我迭代。

有人跑在了我们的前面，我们没跟上，才会变得被动。没有这样不断学习成长的认知，在人生的任何阶段都是一叶飘零，随风而逝。你是引领变革的人，是顺应变革的人，还是被甩在变革后面的人？我们需要反思，寻找自己的位置。

"生涯是永无止境的学习、成长、发展的创造历程。需要不断地学习成长，增加对自我和工作的认识，有效规划学习生活，最终达成促进生涯成功与生活圆满的目的。"中国台湾心理学界著名学者张添洲如是说。

自卑与超越

人到中年，回头去看来时路，为了有意识和无意识的生涯目标，我有过主动学习，也有过从受挫经历中被迫学习的体验。

我觉得，所有有效的学习都要带着觉知，对于生涯中的自我实现才有帮助。我从书里学、从老师那里学、从朋友那里学、从孩子身上学、从对手身上学。任何一个相遇的人、一件经历的事，都有我需要带着觉知学习的部分。学习的动力，一部分来源于我的自卑——我一直对自己的不足之处很敏感；另一部分则相对功利，来源于生存需要。

从事媒体工作的时候，我的古典文学素养不够，临场发挥时，不能自如运用古典诗词链接现代生活。我听过一些惊为天人的举一反三的案例，自觉望尘莫及。这种能力，只靠死读书是没有用的，这是智慧，甚至是天赋。我没有这方面的天赋，就做点死记硬背的笨功夫，事倍功半，我的努力终也未能达成目标。这让我领悟到，努力不一定成功。

在为追求卓越而制订盲目的生涯目标时，一般缺乏清晰准确的自我评估，所以无法看清自己的能力。但是，如果失败体验带来的不是自卑感，而是对自己的清楚认识而后欣然接纳，那是高级的！

追求卓越和产生自卑感是同一心理现象的两个方面。对卓越和成功的追求，和自卑感的产生有直接的关系。

自卑和追求卓越的交互作用，从儿童阶段就开始影响个体的发展。有些儿童总想着不断超越，上进的愿望越强烈，给自己设定的目标就越高，往往不切实际。为了证明"我可以做到"，儿童尝试了超越正常能力范围的"刻苦"。这种拼尽全力去超越别人的方式，在促进人正常成长方面并没有积极作用。

如果成人还把这种"雄心壮志"作为一种美德，不断鼓励儿童，在短时间内确实可以激励儿童的野心，但逐渐地，因为无法实现这些目标，儿童就会有压迫感，生理和身体都不能健康成长。

家长不要错误地认为，天天待在家里闷头读书的才是好孩子。有时候，事实恰恰相反。如果你的孩子想通过提升成绩来证明自己，不顾一切只是待在家里读书，如果他们看中的是成功后别人的认可，那么他这种追求卓越的行为就是有隐患的。

这种认为"我可以"的心理，和之前提及的积极正向的自我效能不同。自我效能会带来自信和幸福感，因自卑而去追求卓越的内心，却无法体会到幸福感，只会更强烈地感受到被欲望控制。自卑感是一种绝地反击，自我效能则是源于自信的正向表现。

不是所有的自卑情绪都会带来追求卓越的想法，虽然人都有向好的本性，过度自卑仍然会导致放弃的倾向。所以，源于自卑的情绪让人开始最初的努力，在过程中应该自我觉察，修正自卑带来的激进和消极，不断提升自我效能，用信心支撑自己努力获得正面体验。

自主生涯

自主走好生涯路，要从童年开始培养，这也是蒙氏观念。

我非常敬仰玛利亚·蒙特梭利女士，她是一位伟大的女性，充满智慧和爱的能量。她的人生经历影响了很多和我一样的教育从业者和家长。同时，蒙氏理论也源于她的生涯经历。

蒙特梭利女士还在世的时候，就把蒙氏教育理念作为公共资源，免费分享给全世界热爱儿童教育的人士，这是一种无私的爱、无条件的给予。这让蒙氏教育迅速在全球发展，在一百多年的时间里，帮助各种环境下、不同文化背景的儿童健康成长。可惜，此举也纵容了那些追名逐利的人，他们利用了她的理念，却违背了她的初心。

二战时，她得到一个机会，为战争孤儿建立了"儿童之家"，从而发现了环境对儿童的重要性。在蒙特梭利理论体系中，她要求给儿童提供预备好的环境和预备好的成人，事实证明，这个理念无懈可击。

她发现，吸收性心灵是儿童自主学习的秘密驱动力。儿童不是被教会的，儿童的学习是自发的，源于心灵内在的需求。

蒙氏理论从生理和心理角度，解释了儿童在成长敏感期阶段性特有行为背后的原因及其重要性，并对其在成年后所产生的影响也做了分析。

她提倡"和平"教育，让孩子学会跟宇宙万物和平相处，尊重大自然的一切，并带领儿童从这样的宇宙观逐渐进入对个体生命的尊重，以及对自我生命价值的探索。

她设立 Peace Corner(和平角)，引导孩子处理自己的情绪，做情绪管理。

她尊重孩子独立的人格，尊重个体差异，尊重不同文化背景、不同地域儿童发展的需要。

……

这些，都是孩子建立自我认知的路径。这些伟大的理念，是她在"儿童之家"时的研究成果。她的潜心钻研为儿童教育和人类社会的发展做出了重要的贡献。

她自己的生涯经历成为对他人的祝福。

玛利亚·蒙特梭利用她的研究证明了孩子的生涯起点不在大学，不在小学，而是在0—6岁生命开始的初始阶段。

童年教育是走好自主生涯之路的基础。

虽然现在我从事蒙氏教育事业，我的孩子都是蒙氏宝宝，但是多年前我心底里还是认可鸡娃式的教育理念和教学方法。

然而，我无法解决蒙氏推崇的自主学习和中国小学传统教育方式的冲突。

蒙氏理论中，成人是观察和引导者的角色，需要尊重孩子自主学习的兴趣选择。这种方式，对我这个在传统填鸭式教育下长大的人来说，非常没有安全感。我先生也察觉到我对蒙氏理念并非完全认可。好在我俩之前并没有在育儿方面发生过冲突，所以一直心照不宣，求同存异。

直到我大儿子五岁，育儿矛盾凸显，给了我一次学习和实战的体验，我开始对蒙氏理论路转粉。这次经历后来给了我正式成为蒙氏讲师的契机，也使我儿子的自主能力有了飞跃。

哥哥是我们家所有孩子中最早进入蒙氏环境的，在他身上展现了0—6岁儿童蒙氏教育理念的所有益处。

从8个月开始，哥哥就学会了自己吃饭，积极模仿同伴和教师的行为。哥哥勇于对未知环境进行探索和挑战，对世界充满了好奇，这种能力的养成源于蒙氏提供的安全并有挑战性的环境。蒙特梭利的双语环境，也完全匹配了他语言敏感期的需求。

哥哥三四岁时，我们去国外旅行，短期体验了当地的幼儿园。其间一个中国小孩在幼儿园不会说英文，他主动充当翻译，帮她跟外国老师沟通。我们去接他的时候，老师一个劲地感谢他。

哥哥这种活跃和热情的个性，在蒙氏环境中得到了充分的滋养。5岁以前，一切都很完美。

然而还有一年就要进入小学了，我开始不淡定了。

他要升小学的那年，上海的小朋友是需要参加幼升小考试的，父母需要被小学教师面试，通过了才能入学。我觉得哥哥阳光的个性、自如的社交能力、流利的语言表达，应付幼升小面试肯定没问题。

然而，我们希望进入的那几所小学，除了面试还有笔试，要考拼音、古诗、九九乘法表、二十以内的算术、英语书写……我瞬间焦虑。

我相信几乎所有面临幼升小的妈妈，听到这一串语数外的要求，都会是同样的反应——怎么办？怎么办？

蒙氏教育幼儿园是从孩子生理和心理发展出发，而进了传统小学却一味地追求成绩。哥哥幼升小考试对我造成的压力，就好像我要面临人生的第二次高考。

哥哥蒙特梭利班级的主教老师为幼升小适龄孩子预备了课

程，也有拼音、古典诗词、英语书写、阅读、对话训练。同时蒙氏数学也教到了几何——蒙氏3—6岁教具功能很强大。蒙氏教育里，4—6岁被称为前数学阶段，但是学习几何的方式，不同于小学阶段的数学教学方式。

照理说，我应该对哥哥很有信心。但是，幼升小考试里，和哥哥竞争的孩子都是天天在补习小学一二年级课程的小朋友。对手太强大了！

有些鸡血爸妈从孩子四岁起就开始给他们补学科类课程，以便进入小学后能够领先于起跑线。不知道这些孩子长大后会怎么描述自己的童年。当时，我完全没有怜惜他们的心态，只后悔自己后知后觉，可能耽误了儿子的前程。不仅如此，我还很羡慕这些孩子，错误地认为这些孩子的早期生涯规划受益于先知先觉的父母。

人随心转，心随境转。人没有觉知或失去自主性的时候，就容易产生这样的混乱想法，失去原有的判断力。

当时的我，决定弃暗投明加入补习大军，顺便转学到鸡血幼儿园，只能把孩子的快乐先放一放。这个决定一宣布，也标志着不同教育理念的战斗拉开了序幕。

首先站在我对立面的就是我先生。他从小在西方受教育，打骨子里不认可填鸭式教育。他看重过程，我则看重结果。

他全盘否定了我的提议。他认为，为了配合现在小学教育的过早下沉，而放弃孩子正常健康的成长节奏，不仅要换幼儿园还要开始补课，这是非常愚蠢的决定。我一开始当然不认可他的理念，我的成长就是在他表述的"错误"教育理念下完成的，自认为还不错；但是细细品味成长过程中的感受，确实和快乐学习、享受学习搭不上边。

我开始觉得他说的有点儿道理。何况这些年从事蒙氏教育工作，天天泡在蒙氏环境里，特别是看到孩子们健康快乐地成长，我深知针对0—6岁儿童教育蒙氏理念的强大。

我先生建议，可以让儿子尝试国际学校的小学部。但我坚信中国必将引领世界的发展，所以，我坚持要给孩子打好中文基础。国际学校偏重西方文化的教育，这如何能实现中国孩子的文化自信？我断然拒绝。

经过几轮商讨，我们找到了一个折中的办法，上民办或者双语小学。但这样的学校同样对孩子入学要求门槛很高，所以想要考进去还是需要补课。

问题又回到了原点，我们夫妻的育儿矛盾开始升级！

我先生认为连考大学都不能认定一个人的价值，何况是小学。所以在小学的选择上，应该更关注孩子性格的养成。他好好给我上了一课，但是我并没有放弃自己的想法。因为，目前中国的教育模式是匹配社会现状的。当前的社会竞争激烈，生存空间挤压严重，如果不能在小学阶段的高压下用学业武装自己，建立强大的内心，那对于他的未来我是没有安全感的。

我去看过对口小学的幼儿园，参观了教室。大班的孩子整整齐齐坐成一排，听老师拿着电子教棒讲英文；教师播放自然科学视频的时候，全班目不转睛；新装修的教学大楼画满五颜六色的卡通人物……看到这些提供给孩子的成长环境，我感觉非常陌生。看到教室里孩子们脸上没有差异的表情，我突然感到一丝不安。原本应该神采飞扬的小脸儿，怎么像成人一样刻板、整齐划一？

蒙氏的环境不会使用视频教学，也没有电子产品。孩子们不会被要求集体学习，每个孩子根据自己的兴趣选择教具，教师在孩子需要帮助时介入。蒙氏提供丰富的探索环境，教具都来源于真实生活，或者是真实事物的缩小版，孩子所处的环境和真实的世界没有差异。现代环境中存在的光和色会对儿童视觉造成过度刺激。蒙氏环境里的色彩，简单并接近自然——这是为了降低孩子对视觉刺激的追求。蒙氏环境也没有卡通形象，而是让孩子对真实的世界产生兴趣。

在参观了非蒙氏幼儿园后，我的不适应感受，激发了我对诸多蒙氏知识点的一一回顾。完全不同的教育环境对比，似乎给了我一点方向。

但是，幼儿园的最后一年，临近9月，如果不转学，哥哥追赶主流幼儿园小朋友的机会，很可能就会错过。

怀揣着忐忑不安的心，我找到了我们学校的教学总监Marsha，和她说了我的顾虑和转学的想法，希望她给我一些关键性的意见。

她说："Kaylin，你不是第一个和我谈这些顾虑的妈妈。全世界的母亲都一样，都希望自己孩子得到最好的。你做的没有错，我也理解你的担心。你从长远的角度规划孩子的学习生涯路径，是一个明智的决定。你可以规划，但只能是规划，不要忘记实现的人并不是你，是你的孩子。不要把他的人生变成你的人生。你们是不同的人。"

　　我有些理解了，但是心底里不太认同这样的心灵鸡汤。

　　她可能看出了我的心理活动，继续说："学习是一生的事，而不应该让孩子觉得是应付考试。这样，他还没有开始学习就已经厌烦了。蒙氏的教育是连贯而持续的，所以 Jachin 这几年学到了他想学的东西。蒙氏的观察有很多专业技术衡量指标，我观察到他是很愿意学习的孩子。你要保护好他对学习的这种'愿意'，这比他会背九九乘法表重要！"

　　我非常同意，快被她说服了。

　　但我还是追问了最后一个问题："我担心他考不上理想的小学。万一考不上怎么办？"

　　Marsha 笑了："你是怎么看出他考不上的？现在不能给未来下定论。不要小看了 Jachin，他很有潜力。给我半年的时间，到 9 月的秋季学期，他会给你一个惊喜。蒙氏教育前 5 年都是储备阶段，就像银行存钱，存够了才有利息。5—6 岁是儿童发展飞跃的一年，有很多的惊喜等着你。收获的时候到了，你反而要放弃，那真的是前功尽弃，太可惜了！而且，幼升小换环境是大挑战，你确定要他现在换幼儿园？他在这里有这么多好朋友，在他的社交敏感期，换幼儿园是不小的阻碍……"

Marsha 是一个很自信的人，但不是自负。她的自信源于对蒙氏教育理论系统的信心和对玛利亚·蒙特梭利的尊敬。在我焦虑的询问下，她丝毫没有受我情绪的影响。她的清晰反衬了我的迷茫。

综合我先生的意见、探园的实地体验和与 Marsha 的谈话，我完成了三次被动学习。我听从了 Marsha 的建议，用半年时间观察哥哥的成长，最终，我们没有转学。

几个月后，Marsha 说的惊喜，我确实等到了——并不是哥哥完成了幼升小的考试要求，而是半年后他的成熟。他会运用已经获得的词汇和语言更准确地表达，并转化成为自己的逻辑思考。当他在解决一个问题时，可以整合他知道的多方面知识，独立或者寻找同伴解决问题。这就是我们现在说的认知功能的提升。他和我们沟通时，会有自己独立的判断，不依附我们的观念。

因为在蒙氏环境里从未压抑过哥哥的情绪，充分给他表达自我的权利和自由，在进入小学的最后阶段，他开始反抗。这种和外界的冲突不同于 2—3 岁第一次建立对"自我"的认知时的叛逆，更像是前青春期的表现：挑战父母，挑战边界，挑战世界。这么早出现这样的行为，我一开始是恐慌的，但是蒙氏教育理念提醒我，尊重个体，尊重个体差异。反抗源于他的自信，有自信才有勇气挑战，他在利用自我认知探索世界的边界。

这个确实比背熟九九乘法表重要多了，前者要自己悟，后者靠别人教。这种自我的认识，是做自己主人的开始，为自己制定目标并努力实现的开始，拒绝人云亦云的开始。这是他趋向成熟的一种表现。我知道我应该为此感到欣喜。至于哥哥，他有他自己的人生挑战，他也需要不断在成功和失败的经历中，操练自己，从而完成成长。

哥哥这次的转学风波，让我发生了很大的转变。我尝试放弃了对孩子学科成绩的执着，对蒙氏教育彻底臣服，心里最后一点点的犹豫和质疑消失了。我决定系统学习蒙特梭利课程，进入这个充满智慧和爱的迷人体系。我也要做自己的主人，为自己的觉知成长再一次进入学校，并制定学习目标。

我用了 2 年的时间，500 小时学习理论，400 小时进行实习，高效完成了蒙氏 0—3 岁 AMS 国际认证课程的学习，并不遗余力地推广蒙氏教育理念。

同时，我越学习越意识到自己认知的缺乏，因而继续投身心理学的学习和实践。

以前是井底之蛙，今天更不敢懈怠，如履薄冰。至今，我仍然保持每天学习和阅读的习惯，操练自我觉知。保持清醒，才能应对时代的挑战。

第三部分 感因系统

在人生从盛夏入秋的年纪，我邂逅感因系统，结出了金色的果实。

　　循着感因的方法，看见当下，识因、追因归因，进而断因，欢喜不已。

第七章 感因有道，正身以用

感因系统是理论结合实践生成的一套达成自我实现的操作系统。

运用这套系统，可以分析和解决当下生活中的问题。以感官作为切入点，向内逐层探索起因，修正认知后，达成知行合一与行知合一的交替作用，从而处理或接纳各种问题，最终收获内心的欢喜。

感因系统的使用对象可以是个体、家庭、团队。生活中的问题每天都层出不穷，又变化莫测。就算相同的问题，反复出现时的呈现方式也千变万化，当事人如同雾里看花，如陷沼泽无法自拔。因此，使用感因系统处理问题时需要运用"安定、积极、韧性、秩序、利他"五种能力，就像五个抓手帮助使用者"自救、救他"。这五种能力互为基础，叠加作用，如同中药方子里的各味药材，相互辅佐以发挥药力。

对于感因系统从了解到认可，从认可到实操，从实操到熟练，从熟练到自如的运用，就是逐渐完成不同阶段自我提升的过程。

任何时候开始进入感因系统都不晚。我深深体会到：拥有它，助人一生。

感因系统的概念

感因系统是一个利用各种烦恼感受完成自我觉察的系统；是一个帮助、提升和自己、和他人、和环境关系的系统；是一个能够让人获得长久幸福感的系统。

因为有感知觉，人就有了痛苦、快乐。没有了感知觉，这个人也就失去了存在的意义，或者说无法称之为真正意义上的人。

人终其一生，所有的缘起缘灭，都是为了修身。既然感知觉带来患得患失，那修身的目的就是不被感知觉控制，最终利用感知觉，欢喜地走完此生。

人受限于"感"。所谓"感"，即为：感觉、感受、感应。

感觉

"眼、耳、鼻、舌、身"作为感官通路获取信息，并和意识建立连接，从而产生不同的觉受，包括视之觉、听之觉、嗅之觉、味之觉、触之觉等。感官系统是认知的起点，是最简单、最初级的信息接收系统。

比如，春季，你出门踏青看到满眼的绿色，瞬间感觉心情大好，觉得自己和周围的一切都充满活力，生机勃勃。因为"看见"的美好，你的心情也被感染，视觉激发了一切都是美好的感受。

接着，你买了一个很好吃的冰激凌，正要吃，一不小心掉到了地上。你看着上一秒还在你手里的冰激凌，此刻却在地上慢慢融化，你的心情一下子就滑入了谷底。刚才的好心情，因为"看见"眼前的一幕，瞬间不见了，随之而来的是可能持续一天的坏情绪。

再比如，有的女孩很喜欢买包。逛街时，无意间在橱窗里看到一个包，"一见钟情"。虽然只是在人群中多看了它一眼，但这一天甚至这之后的几周都会对它朝思暮想、念念不忘。人虽然走了，心却留在了那个包上。

所以，五感是控制情绪的第一道防线。感官带来的感觉体验发生得很快，也很浅。感官带动感觉，直接被转换成了感受，也就是情绪。因为影响层面浅，呈现非常不稳定的状态。有的人，外界一点点风吹草动，别人的一句话、一个眼神都会影响他的情绪。这样的人，内心一刻都不会宁静。

感官带动感觉，有快、浅、频繁这些特点。所以，操练自我觉察时，感官是最易得的切入点。被感官驱使，停留在生理需求的满足中，还是在自我觉察中安住，取决于感因系统中五种能力的加持。

感觉层面解决的是最底层的问题。

感受

感官系统接收到的信息会开启感觉体验，但不是所有的感觉都被个体转化至感受的层面，意识会筛选接收或不接收感觉的影响。被意识接收的感觉如好看、好吃、丑陋、寒冷等转换成感受，就表现为情绪、情感等。

感受影响大脑做出行为决策。

比如，冬季的雨夜，你在雨中急走，因为家里的孩子生病了，公交车迟迟不来，你选择冒雨赶回家看孩子。冰凉的雨水打在你的身上，虽然感到寒冷，但是这种感觉没有让你抱怨、烦躁而放弃前行。因为你很清楚，快点到家是现在最重要的。同时，你会觉得回家的路比以前长了，每分每秒，你都变得更急切。这种不舒适的感觉没有影响你的情绪、行为、决定，对孩子的担心让你更坚定地前行。

感觉可以不影响感受，可以被意识控制，意识可以阻断感觉对感受的操控。这就是觉知的力量。

感应

人与人、人与环境、人与自然都存在感应。人在意识层面和外界的连接，是"起因"，是"缘起"，是一切的开始。

一念起，万物生。感应呈现的场景，不一定都是"合"，

"分"也是感应呈现的一种可能性。感应通过我们感官无法察觉的能量相互作用。如果不具备感因的五种能力，就很难察觉自己和这个世界千丝万缕关系的真相，它隐藏在各种瞬息万变的表象之下。

潜意识要达成的目标，最初是不清晰的，只是一个念头。念头逐渐具象，从心灵底层的潜意识向意识层面上升，不断清晰，不断和这个世界的物质产生联系，最终达到完成意识"画像"的目的，成为清晰的目标。

因为人和人之间会有共性的目标、特征、诉求、喜好，如共有的兴趣，共同愤恨的人和事等，相同特质相互感应，产生交互作用，在时间和空间维度相互纠缠，就形成了眼前这个纷繁多变的世界。

男女寻找恋爱对象，如果你很满意自己，就会有一个或者几个和你三观甚至长相都相似的异性，出现在你的生活里。这并不是上帝的安排，而是相互的感应，你的眼睛会看到具有这些特质的对象。如果你觉得自己不够优秀，就会追求你认为比你优秀的人，和你互补。他们优秀的特质也会吸引你的眼睛。所以，爱你的，恨你的，也都是应邀而来。

感应源于念头，念头源于意识，意识的本质就是满足欲望。你所处的当下，就是你念头的呈现。你手里的咖啡，你的爱人，你家的风格，你的工作……都是感召的力量。

感应是感因系统所要处理的最终极，也是最难的层面。

识因

所谓"因",是"感"的源头,"感"来自"因"。

"因"包括三个阶段:识因——感觉和感受到的烦恼;追因和归因——烦恼的究竟原因;断因——阻断因与果的循环。

对于烦恼,世人感受各不相同。你认为的苦,对于有些人而言完全没感觉,根本就不是问题。只有觉得苦,人才会想办法改变。所以说,生于忧患死于安乐。同理,常常带有焦虑情绪的人更容易变得优秀,当然也有深陷焦虑之中不能解脱的人。因此,有"苦"觉,是修身的开始。

解决烦恼,就要认识烦恼。就像白细胞消灭病毒,要认识它,才能消灭它一样。很多时候人急于摆脱困扰,头疼医头、脚疼医脚,反而越陷越深。

殊不知,很多问题的解决过程本身就是问题!比如,有的父母抱怨孩子作息混乱,想各种招数改变孩子,其实真正要改变的是父母,作为榜样的父母作息不规律,是根本原因。

搞清楚我们要解决的问题是什么,就是识因。利用感觉和感受,我们可以觉察到烦恼的信号,接着就是要确定哪里出了问题。

再举个例子,一个小学生,每天有一部分作业老师要求在 iPad 上完成。但是,做完作业或者还没开始做,他就在 iPad 上玩游戏。当爸爸发现孩子一直把自己关在房间里不出来,就去讨要 iPad。因为这件事，他俩每天都要大吵一架，iPad 砸坏了好几个。爸爸很苦恼，不知道如何能解决孩子的问题行为。

我接受咨询后发现，真正的问题不是孩子的行为，而是这个爸爸的教育方式没有清晰的边界。孩子有这样的行为习惯，表明他们父子俩一直都处在没有边界的较量中。不仅仅是使用 iPad，一定还有别的方面。爸爸表示，给孩子买礼物、学习时间安排、吃饭习惯、独立作息等方面都是一开始家长定规矩，但只要孩子一反对，就马上被推翻——如果家庭教育边界不清晰，单一地解决孩子的问题行为是没有效果的。这个案例清楚呈现出，孩子的问题行为是因为父亲的教育没有清晰边界。父亲应设立边界并维护边界，才能真正解决问题。

所以，能够认识到问题才是改变真正的开始。人一生要经历很多烦恼，那就先从识因——认识烦恼开始。

追因归因

认识了烦恼产生的原因，接下来就是寻找烦恼的起因。这个部分的核心是主动性、持续性。

就像上面这个例子，爸爸首先想到的是解决孩子的问题，当发现问题出在自己身上的时候，如果能积极面对，自我觉察，就可以找到因为自己没有边界而产生的问题。

感因系统中追因的过程不受时间和空间限制，是个体在这个问题上认知的全维度追溯。也就是说，很多在不同时间不同空间发生的问题，都是同一个根本原因造成的。

追因归因的过程，汇集了成长经历、原生家庭、天然个性等不同时空的元素，所以追因的过程并不是一次性的。多次追因，可以在归因上不断地深入，离真相越来越近。

追因的"追"字，代表着积极的态度、勇敢面对自己的决心。追因是勇气，归因是智慧，都是难能可贵的美德。

断因

寻找问题起因的过程，会呈现不同的阶段性答案。随着"修身"的不断完善，离问题的真相也越来越近。接着就是摆脱因果之间循环往复的控制——断因。

因为个体差异，要阻断成因的方法因人而异。断因方法是个体自我成就的过程，也就是说从修到善的过程。在意识中会因着希望脱离烦恼而不断积蓄改变的动力，形成良性循环，如同身体病后痊愈的过程。这是觉醒的过程和恢复智慧的表现。

从认识问题，到找到问题的原因，最后下定决心脱离问题的困扰，就是围绕"因"所要做的努力。

五种路径与能力

有五种路径与能力可以助力完成"感因"，达成自我实现。

路径一之安定：稳定、安住的能力。

正念当下，以持续、稳定、清晰的意识，辨识自己的觉与受。在环境的变化下，操练自我觉察力，有置身事外的全局观。这种清明的觉察是有意识，但不予评判、不论对错的"看见"。

这种安定的状态会获得安全感的包裹。由内而外、由外而内地感受平静、平安、安稳。

安定与现在社会上流行的冥想、灵修不同。冥想是无我后的放松，安定是积极觉察后的思考。冥想通过静坐的方式，训练意识，把自己从当下的人、事、物中剥离出来，进入无我的境界。而安定的能力恰恰相反，它需要专注当下，观、察、感、觉、反思。安定不是放弃感官体验，反而是要通过感官体验的通路进入内心的过程。利用专注于当下的能力，有意识地观察自己和周遭，再逐渐摆脱对感官的依赖，深入完全的意识层面思考。

安定分为两个状态：静和动。

静，在安静的空间独处的时候自己主动地思考。有的时候借助五感的记忆，有的时候直接在意识层面探索。安静的环境是初级阶段操练安定的必要条件。一个人在混乱的环境或情绪下，是不利于思考的。

"孰能浊以止，静之徐清"，老子在《道德经》里的这句话，精准地形容了浊和静的关系。

动，在运动中、在变化中的安定。虽然"清静为天下正"，但人在动的状态还是比在静的状态更多。由于人的社会性，一味地追求静，无法匹配当下的实际生活，所以获得动状态下的安定内心更有价值。当在静中能熟练运用安定内心的能力后，那下一步就是在变化中、在动中安定，当下觉察。那是更高阶的状态。

动、静状态下都能有自我觉察，长久保持，那就是真正驶上了安定的快速路。

安定的能力也是其他四种能力的基础。在安定的基础上，积极的能力、韧性的能力、秩序的能力、利他的能力，才可以正确地发挥各自的功能。

路径二之积极：充满希望、乐观、持续的能力。

在安定内心的基础上形成积极的目标、积极的行动、积极的情绪。

积极的目标不能功利，计较得失、自私的积极都不会长久。

积极的行动需要有持续的内驱力，内心坚定不移。

积极的情绪是意识对抗天然惰性和惯性思维的良药。它们的实现都需要以安定的内心为基础。

在积极的表象中，有一种不易被发现的积极，消耗了人大量的精力和信心，这就是盲目的积极。就像稗子和麦子难以区分一样，盲目的积极和有正确目标的积极，都同样呈现为内心渴望成功的熊熊烈火、坚定不移的信念和面对失败时不退缩的定力。但是盲目的积极是不切实际的，是充满欲望的。所以，盲目的积极，在起点就注定无法成功，也注定无法获得内心的满足。

所以，积极的前提，是在安定内心有清晰觉察的基础上设立目标。

路径三之韧性：不逃避、能屈能伸、有耐心、积极面对的能力。

做人能屈能伸，自古就是美德。《论语》云："人不知而不愠，不亦君子乎？"当一个人不被别人理解，甚至受到不公平的待遇时也毫无怨愤之情，这才是君子的修为啊！

但是，随着时代的发展、各种文化的冲击，"韧性"的能力变得越来越难能可贵。当年人们钢铁般的意志和今天很多人的玻璃心形成了鲜明的对比。

可惜，因为没有韧性，有人提出培养钝感力，认为钝感力才是一种现代人应对社会问题必要的能力，而且，拥有钝感力可以摆脱不良情绪的控制。

钝感力是指对外界的评价、影响不反应或者延迟反应的能力，从而更好地保护自己。归纳一下，钝感力就是不敏感、迟钝、隐忍的能力，只不过是给逃避套了一件新外衣罢了。

而被我高举的韧性，恰恰需要明锐的内心、积极的勇气、沉稳持续的情绪控制、坚定不移的信心，不能掺杂一点点逃避心态。

在渡边纯一《钝感力》这部书里对钝感力的解释有五条，其中一条是快速忘记不快乐的能力。我认为这种能力并不存在。能够忘记的记忆，它本身就不会对个体产生影响。也就是说，因为不在乎，所以记不住。反复试图忘记而又无法忘记的记忆，只会让这种记忆埋得更深。因为按下葫芦起了瓢，没有处理好，相关记忆就会不断地浮现。

忘不了的事情，是因为你在意，才会敏感。敏感的人都比较聪明，多思者多虑。他们可以敏锐地感受到周遭世界和自己的关系冲突，并首当其冲受到各种信息的冲击。敏感是一种能力，是一种优质的能力。一个迟钝的人，是无法进步的，因为他们会觉得什么都挺好，什么都不需要改变。但是，敏感的人容易有不好的情绪体验，甚至受到伤害。所以，正是那群敏感的人想要获得钝感力，愿意为这个伪概念买单。

那么，怎样才能驶上"韧性"这条高速路呢？

当敏锐的人能够使用在安定中正念和觉察的能力，持续地积极处理当下的感受，就可以提升韧性，而不是遇到问题绕道而行，或者视而不见。所以，韧性能够使人在受打击或者遭遇困境后依然坚定地走到终点，不是积极地忘记，而是积极地面对。

韧性也包括悦纳自己、他人以及环境的能力。人生是苦境，快乐是短暂的。这并不是我在消极地解读人生——我们需要在没有能力改变现状的情况下，接受眼前的一切，包括接受自己的有限。

没有人可以脱离你自己的行为结果，自作者自受。

说个案例。有位女士一直想和她的先生离婚，各种嫌弃，各种无法忍受。我在和她做完几次咨询后，建议她不要离婚。我并不是维护"宁拆十座庙，不毁一桩婚"的观念，而是发现是这位女士自身的问题导致了她婚姻的不幸福。离婚不能解决问题，而离婚的过程本身又会加重她不幸福的感受，那要让她尝试改变自己就更难了。她需要有接受是自己导致了问题产生这一事实的心理韧性。

所以，韧性除了接受的能力，也包含了耐力，因为知道改变无法一蹴而就，更要对自己和周遭有耐心。

路径四之秩序：建立秩序和适应秩序的能力。

秩序分为内在秩序和外在秩序。

内在秩序的概念是玛利亚·蒙特梭利女士提出的。人建立内在秩序的敏感期是 6 岁前。有序的生活空间、有序的学习环境、有序的作息、周围成人的言行一致，都可以帮助儿童建立最初的内在秩序。内在秩序在成年后表现为可以按时完成作业或工作、有规律的作息、有计划的生活、自我管理、情绪控制、适应外在秩序等。

内在秩序也包括情绪的秩序和边界。每个人的情绪底线和边界都不同，它的形成也源于成长过程中的经历。

外在秩序包括环境秩序、社会规则、法律、自然规律等。内在秩序和外在秩序的冲突，会带来负面体验。

我曾经看过一本书《聪明却混乱的孩子》，该书提倡从大脑的执行功能上，通过各种训练解决缺乏内在秩序孩子的行为问题。我认为，这些方法都不够快捷、清晰、便利。其实要回归正常的生活，在预备好的有秩序的环境中，在成人的帮助下，重新建立缺失的内在秩序，是首选路径。这是可以落实到每天的生活当中，不需要父母增加过多技能的路径——就是好好地过每一天。

内在秩序混乱的成人，必然会带出混乱的孩子。所以在建立孩子内在秩序的过程中，成人的内在秩序也得到了修复，回归正常的生活，一举多得。但是对于很多人而言，过好眼前的日子就是有难度的。

我们很多的不快乐源于内在秩序与外在秩序的不匹配或冲突。这是目前社会上一些普遍性问题的核心原因。我们的内在秩序一直在和外界产生碰撞。最好的状态，是内外适配。

但是从发展的角度来说，个体挑战边界有利于社会的发展。

内在秩序在和外在秩序的碰撞中，也可以推动外在秩序优化，使其更适合人群的生活、生产。

所以，建立新秩序，需要安定的觉察、积极的行为、不放弃的韧性。

不能逆势而为——有一种秩序是不能挑战和改变的，就是大自然的规律。斗转星移、四季交替、生老病死，尊重并顺应它才是大智慧。

《道德经》云：知常容，容乃公，公乃王，王乃天，天乃道，道乃久。这句话清晰地阐述出，万事万物要想长久，一定要顺应世间的秩序、天地的秩序。

路径五之利他：帮助人获得幸福感的能力

以助力他人为目标的行为即为利他，利他体验的基础是爱。

虽然利己和利他，是人类同时存在的两种本性，但是助力他人放在口头和落实到行为上都不容易。所以和利己相比，利他是一种需要唤醒的能力。

助力他人必先成就自己。能够想人所想，急人所急，这个心念的原点就是利他的初心。就算在自己不具备利他能力的时候，也愿意不断为实现他人的愿望而积极进取。

助力他人有很多方面。比如赞美，这个能力需要有一颗不嫉妒、充满爱的心，真诚赞美他人的成就，赞美他人优于自己的方面。当你无法赞美他人的时候，在安定的觉察下，你就会看见自己的嫉妒、骄傲、狭隘。看见了真实的自己，也就有改变的机会。

在心中生出利他的爱，给予他人真诚的赞美，希望通过你的赞美，对方能够获得内心的饱足。如此，你也必将获得别人真诚的赞美。被真诚赞美的感受就是幸福的感受，如同稻盛和夫说的："最高的利己就是利他！"

利他的能力，和安定一样，能同时守住积极、秩序、韧性的边界。在谈到积极能力的时候，我特别提到了盲目的积极带来的消极结果，对抗这种盲目的唯一方法就是利他的初心。以实现他人的目标为己任，就是正确的积极。

感因运用之亲子沟通

以上五种路径和能力，是实现感因系统最终成果的方法。要解决生活中变幻无常的所有烦恼，必定要先从自己入手，然后方可推己及人。

下面我给大家举例分析，如何使用感因系统来达成优质的亲子沟通。

有些家庭教育"宝典"，会列举一些很难量化的标准，这让想要使用"宝典"的家长不知如何下手。比如：建立良好的沟通，家长要学会倾听，尊重是建立良好亲子关系的前提，等等。

倾听的标准是什么？尊重的边界是什么？因为没有明确的

标准和范围，光有观点，却没有方法，再好的理论也很难在实际生活中落地。给出一个目标，但是不给经度和纬度，定位的时候就容易抓瞎。

另外一种教育方式只重视方法论，输出给家长的是统一且标准化的答案。同样，因为个体差异、理解力等诸多因素的不同，只重视方法论的教育方式其实没有太大价值。

而感因系统是通过感觉、感受、感应，识因、追因归因、断因，从多种维度灵活地解决问题。就如同"活字印刷"，一个问题一种方法，一个人一套模式。探寻的过程，找到答案、形成解决方案的过程，是非常个人化的，这就规避了拿来主义导致的方法与个体不适配。它是个体通过自我的成长，最终找到解决问题方法的工具。

培养自己和孩子感因系统的五种能力：安定、积极、韧性、秩序、利他，不要照搬方法，要真诚、有自信、有意识地和孩子沟通。真正的专家不会给你一二三点方法，因为问题是活的，问题也在发展。谁都做不到以不变应万变。究竟如何去做，每个人都可以借助感因工具寻找答案。

家长需要有安定的能力，即家长平时的人设要稳定，不能一会儿温柔体贴、和风细雨，一会儿说一不二、色厉内荏。这样，孩子对你、你对你自己都会没有安全感。

如果你已经觉察到自己是一个情绪不稳定的人，可以先使用感因系统的追因方法，寻找是什么原因触发了你的情绪。从情绪失控后的反省，到觉察让自己情绪不稳定的诱因，去积极地控制情绪，你就已经开始修复和自己的关系了。自己平和了，也就有能力和孩子友好沟通。

亲子沟通包括成人、孩子、成人和孩子三个维度。先把和自己的关系捋顺了，也就有了良好沟通的基础。可以通过使用安定的能力，带着自我觉察和自己对话。

比如：

我和孩子的关系是平等的吗？

我和孩子彼此尊重吗？

我在这种关系中想要得到什么？

我的孩子需要的是什么？

在这种关系中，我们可以彼此信任吗？

我们是相互支持的吗？

我能听懂孩子的话吗？

孩子能听懂我的话吗？

······

看似简单的提问，提问的时机不同，答案也会有差异。当你看到了自己，也就不会抓着孩子不放了。

这个漫长的过程会磨炼家长的韧性。追因归因的过程很不容易，但对解决亲子沟通问题却卓有成效。

提问时，我们尽量缩小范围，专注于当下。在安定里听自己说，看自己的心。像剥洋葱一样，一点一点看清自己，找到自己，真听、真看、真感觉，再慢慢开始以这个稳定的"我"和孩子沟通。

家长可以用纸笔写下每次的问题和答案，像写日记一样记录自己和孩子的变化、成长。情绪或行为只是一种表面现象，问题就像冰山最大的部分隐藏在水下一样，难以看清。不同的时间、空间、外来因素，都可能引导出不同的答案，也会影响今后的发展方向，走向不同的维度和层面。所以，需要汇总一段时间的信息，慢慢地，隐藏在表象下的真相才会呈现出来。

父母在修正和孩子的沟通的过程中，安定、积极、有韧性、充满爱地识因、追因归因、断因，沟通不畅的"因"会越来越清晰。有些因，当下无法断，也是正常的，交给时间。不要放弃，充满希望，这就是韧性的力量。使用韧性的力量，不仅可以接纳现状，对改变的过程也会持有足够耐心。

你一定听过这句话："如果不能战胜它，那就拥抱它。"《圣经》里，使徒保罗发现自己背上长了一根刺，让他非常痛苦。为了这根刺，保罗三次求主，可是神没有挪去他身上的刺，却对他说："我的恩典够你用……我的能力，在人的软弱上显得完全。"神的发声，就是内心韧性的表达。韧性的能力让苦难中的人显得完全。

苦难面前，人是渺小、脆弱、无助的。像保罗这样的使徒也不希望面对苦难，何况我们凡夫。但是，苦难的经历同样可以使人坚强，从而了悟生命的意义。这才是经历苦难的真谛。

没有积极的心态，你和孩子的韧性会被误解为隐忍。隐忍是痛苦的，而且总有忍无可忍的时候。只有依靠积极的情绪，乐观、热情、充满希望，才能拥有长存的信心，在黑夜里也能砥砺前行。

感因系统是一套很特殊的工具。通过凭空想象获得问题解决方案是做不到的。在真实的案例中，它能发挥巨大的作用。所以，每个人都可以亲自尝试，并分享实操的感受助力他人，增加对感因的信心。

第八章 我的追因之旅

如果我有足够的觉察力，清晰地了解自己的性格、能力、兴趣、欲望，并能及时洞察和自己的关系、和别人的关系、和世界的关系，了解操控自我行为的认知根源，那无疑我就拥有掌控过去、现在、未来的能力。虽然这是一种理想状态，但这不就是我们此生努力的目标吗？

所以，有谁比我更适合做自己的咨询师呢？感因系统就是我最好的工具。

虚假的"真实"世界

可惜的是，上文所述永远是个假设，无法实现。但是它并不会影响我探索生命意义，寻找自己，认识自己，并努力摆脱这个虚幻世界的控制。

我不知道是否有人和我一样，对这个世界有虚幻感。

这个受时间和空间限制的物质世界，我们时时努力经营着的周遭，让我们听尽嬉笑怒骂，经历悲欢离合，体验爱恨情仇，面对缘起缘灭。

你以为，感受是真实的，经历是真实的，人是真实的。其实这些都是感官系统接受的信息在大脑里的投射。比如你能看到的东西，只是物体通过视觉系统在大脑里的成像。

因此，一切我们心念认为有价值的东西，只是一个"表象"，并不真实。我们感官系统的喜好，决定了我们对这个世界的依赖和不舍。

所以人们常说：人生如梦，人生如戏。

如果把我们因喜好营造出来的世界，比喻成一个舞台，我们都在台上演得太投入了。岁月不居，时节如流，宝贵的生命就在一出一出的戏中流淌，就像苏轼在《西江月》写道：世事一场大梦，人生几度秋凉。

物理学家是这样描述的——2022 年诺贝尔物理学奖颁给了三位量子物理学家，他们把这个世界解释为量子纠缠，量子的呼应形成了这个物质世界。我认为我喜欢的人就对他念念不忘，我认为我仇恨的人就希望永不相见。你的意识，让世界和你不停地多维度纠缠。情绪操控着我们的感受，感受操控着我们的行为。对人、事、物的执着，令人间戏剧永不落幕。

我们不舍的这个世界，如梦一场。

人生可以更真实地过！

那真实的世界是什么？世界不止一个？

看世界的不同视角，营造了两个维度对世界的认知。我和自我的觉知看同一个世界，但却看到了两个世界……

台上台下两个我

《心经》第一句话："观自在菩萨，行深般若波罗蜜多时，照见五蕴皆空，度一切苦厄。"无论是不是佛教徒，大家都可能对这句话有所耳闻。我尝试解释，但是无法究竟其智慧。这句话大概的意思是：观音菩萨通过高维度智慧不断地进行内在探索，从里向外地觉悟到所有的五感都是虚假的，万事万物本性皆空。既然皆空，便不要再执着于这个世界。这个认知可以消除一切的苦恼。

观世音菩萨又名观自在菩萨。观世音菩萨的"观"，是观世间众生的疾苦，是一种向外的利他。观自在菩萨的"观"，是向内探索的智慧，探寻万事万物的真谛，是自我觉察的过程，这是一种向内的自利。这位菩萨的两个名字"观世音"和"观自在"，就是看世界的两个视角。菩萨都要时时觉察，何况我们？

我们都有向内和自己对话的经历。在对话中，如果自我觉知是清明的、有智慧的，就会在这样的"观照"中，找到苦恼的原因和解决的方法。

我们回到"人生如戏"这个描述，可以这样比喻——演戏的那个"我"和看戏的那个"我"。台上的向外看世界，台下的向内看自己，便呈现出两种不同的角度来看待世间的人、事、物。台上入戏的是你，台下看戏的也是你，本是一体。

在台上的那个"我"为身体而活，离不开饮食男女、名闻利养。这个身体就是人最大的拖累。老子说："吾所以有大患者，为吾有身。"我们所有的烦恼和欲望，都来自这个身体无止境的需要。当"我"无觉察时，我们被身体欲望控制，生命的目的也就成了单一地满足这个身体，让它觉得好。如果欲望的实现受到阻碍，台上的"我"会焦虑和烦恼，想尽一切办法在欲望的重压下实现眼前目的，让身体及时得到满足。这个过程，有时候是以损害他人利益为前提的，因为，一旦利己就无法利他。

台下的"我"，因为有自我觉察能力，可以观照自己的身心，放下对身的追求，便来到了心灵层面。心灵的觉察不受时间空间限制。原本时间和空间也是相对存在的，同样的时间，可以度日如年，也可以一刻千金。所以，台下的"我"可以回看过去，思考当下，展望未来，而不会局限于眼前的得失无法自拔。相比台上的"我"受身体欲望辖制，台下的"我"是自由的。

身体是心灵的载体，心灵无法独立于身体而存在。但是心灵和身体本为一体，单一以满足心灵或者身体的需求为目的的人生信条，都是偏激的。所以，台上的生活是真道场，台下是观照觉察的镜子，最终还是要身心合一地演完这出戏。"我"从台上来到台下是依靠天然的觉察，"我"从台下再回到台上是靠高维的智慧。

大部分人没有这个认知，并不知道从"我"还可以剥离出一个"我"：我的嬉笑怒骂、我的悲欢离合、我的爱恨情仇、我的缘起缘灭。我的觉察剥离出来的就是，台上那个执着的"我"，台下那个清明的"我"。所以，我们和智者的差别，就是觉察过程的快和慢。

自我追因

把自己从虚假世界剥离出来的自我觉察并不易得。我举个自己的例子吧。

我在减肥这件事上曾经非常地执着。我从小学开始关注体重，总觉得自己腿粗。当年在少年宫跳舞，练功服要穿白色连裤袜，每次穿完和同伴们站在镜子前，我就觉得自己的腿更粗了，不愿意站在前排。我因为跳得好，被老师点名安排在 C 位。但是，因为觉得自己腿粗，我特意和别的小朋友换了位置。

有细腿偏方，我从来都不放过。听说，用啤酒瓶擀小腿能让小腿变细，我也试过，可惜没什么效果。还好那时候没有肉毒素这个玩意儿，不然我也会冒着损伤腿部神经的危险去尝试。小时候，我陷在这种审美里不能自拔。

高中时，我为了竞争《上海人在东京》的女主角，一个月减肥二十斤。当时，导演说女主角在日本讨生活是苦情戏，但我看上去太滋润，和角色不符。就为这一句话，我每天只吃一顿酱油拌黄瓜。晚上六点，别人的晚饭时间，我全身裹上保鲜膜，穿上卫衣、毛衣、棉袄，穿得里三层外三层，然后跟着电视跳一个小时操。很快，我瘦了下来，导演看到说："嗯，是瘦了。"但是，最后不但这个角色不是我的，我还跳出了盲肠炎。

进入电视台当主持人后，我对自己的体重管理更加苛刻。每天有氧加无氧两个小时，风雨无阻，雷打不动。如果遇到健身房维修日，我就跑步五公里，在家做一小时无氧。站在台上，我每次都问看监视器的导演："我上镜胖吗？"如果他回答"最近好像看着有点长肉"，那我卸了妆就会赶去健身房加练。每天早晚称重，是必做的；吃一口米饭、一口甜品，我都会后悔很久，可当时又控制不住。我在这种内疚和自我补偿的心态里循环往复。

我对自己的严格要求得到了别人的认同，大家纷纷称赞我是一个非常自律的人。也因为长期的运动，我获得了傲人的身材。很多媒体得知我长期保持做大量运动的习惯后，都宣传我在身体管理上的坚持。这让我成为自律的表率，虚荣心得到了极大的满足。

这样的习惯我持续了多年，直到我婚后备孕，问题的严重性才暴露出来。结婚后，我一直想着怀孕这件事嘛，顺其自然就好。但是顺其自然了三年，竟然没有自然怀上。医生建议我去查激素水平和卵巢功能。拿到报告的那一刻，我蒙了——我的雌激素水平非常低，卵巢功能不足以让胚胎着床，这是我三年来没有自然怀孕的主要原因。为什么会这样？我看了中医和西医的解释，都是因为长期控制饮食，不吃碳水，少油，加上挑食厌食造成的营养不良，以及过度运动消耗身体导致入不敷出。结果就是，我认为的健康管理，实际上损害了我的身体。

医生给我开了调理的药，告知我半年后再看看有没有机会怀孕，并反复叮嘱我，不改变生活习惯，吃再多的药也没有用。我冷静下来思考，要如何改变我的生活方式？

最初我是无法放弃自己引以为豪、被认可的这种自律生活的。我百思不得其解，难道我一开始就错了吗？

台下的"我"开始审视自己的过往，跟自己对话。生活当中的我，在饮食和运动方面的偏激自律，源于我过分依赖眼睛对"标准美"的追求和耳朵对赞美声的需要。享受和不断回味别人的溢美之词，让我更不能从这种认知里脱离出来。

台上的"我"在别人的评价里迷失了对自我的判断能力，眼和耳的贪求阻碍了自我觉察的能力，忽略了身体作为心灵的载体，存在的功能是为了长久的健康，而不是短暂的美丽。我的觉察把"我"从眼前世界的价值体系中救赎出来了。这是一个识因的过程。

追因的过程中，我不断自问自答：

为什么我的身体指标会这样？

是像医生们分析的那样吗？

少吃多运动反而会让我不健康吗？

我认为吃饭不重要吗？

运动的目的只是瘦吗？

我是在乎别人的看法还是自己的健康？

我在追随"谁"制定的美的标准？

真正美的标准是什么？

到底什么才是健康的自律？

自律的目的是什么？是为了别人肯定我吗？

……

最初的自我对话是混乱的，毫无头绪。

我在自问自答中慢慢找寻真实的答案。身体向我发出的这次警告恰恰是一次转机。我在觉察中看到，"台上"的我人人艳羡，让我沉浸其中不能自拔，在赞美声中甘之如饴。"台上"看似是好事，"台下"看尚不知是兴尽悲来。"台上"看，体检指标亮红灯不是一件好事儿；"台下"看，它的出现是及时的警示，触动我的同时，一切还有补救的机会。"台上"的世界里，我苛刻要求自己匹配游戏规则，毫不懈怠地为这种价值观推波助澜，为这种偏执且唯一的审美摇旗呐喊。

我对自身价值也并没有清楚的认识，活在别人的定义里。自律没有错，但是要看建立在什么样的认知基础上。不仅如此，我还人云亦云地以同样的方式定义他人。我活着活着，怎么把自我活丢了！当下，不能再错过改变的时机是重点！

这就是我运用感因系统进行识因、追因归因、断因的一次经历。

感因不是以更优秀为目的，不以符合社会竞争需要为标准。

感因不是让个体更自我，而是让群体和个体更兼容。

感因不是为了让人更强大，而是有意识地体现自我的生命价值，自我实现，自我成长。

感因是一种好用的工具。学会使用感因系统的个体，将让"欢喜"的细胞进入生命的循环。

感因只是一条路，风景属于走路的人。

第四部分 世间的因

如果用一种颜色来形容我的咪咪，那将是天空般的蓝色。

她来自天际。她纯净，透明，愉悦，包容，聪慧。

她是我世间的因！

第九章 她的故事

终于要写了，写我最在乎的人。

我现在所做的一切都是因为她，她是我这一生的因。

我因她而来，她也因我而来。

每当我起心动念想提笔，内心的防御墙就会立刻从意识中升起，扎扎实实地竖在我的面前。心口压抑的感受像涨潮时的浪，一轮一轮，一次一次，追逐着，重重地，拍打在我最底层的内核上，沉重得让我竟然无计可施。

因为在乎，就想珍藏，不愿分享。就让她独属于我，就让她只在我脑海里多好，让我好好地保护她多好……

但她说，你要和别人说我的故事。

我是你的天使

2019 年 7 月 20 日早上，我接到了我先生的电话。他带着我家老二在美国参加夏令营，他说他是等到中国早上的时间才打给我。他说，他做了一个梦，他梦见了姐姐（我的大女儿舒怡，在我们家里习惯称她为"姐姐"）。这是姐姐走后，他第一次梦见她。为了不忘记这个梦，他已经写下了能记住的对话和场景。他哭着说，他不敢继续睡，怕忘记梦境里的点点滴滴，怕忘记就再也想不起来了。所以，他一直坐等到现在，终于可以告诉我这个梦了。

她的脚在地上，虽然她似乎很轻。

她轻轻地摆动她的手臂。

她的微笑和眼睛是那么美丽。

姐姐对我说：

我想让你知道我很好，很平静。真的很开心我可以走路，我可以移动我的整个身体和手臂。我可以说话，大声笑，我自由了。

我从一出生起，就被上天召唤，叫我赶紧回家。我尽可能长时间地反抗，因为我爱你，我也知道你有多爱我。

对不起，我不得不走了。对不起。对不起。对不起。

请原谅我。我来到这个世界，在这一世体验无条件的爱，我做到了。然后，我该回"家"了。

我很高兴我的兄弟们彼此相爱。我很高兴这对双胞胎出生了，所以，他们可以在一起。他们将过上好日子。我爱他们，会照顾他们。

请记住我，作为你们的女儿，姐姐，孙女。记住，你爱我，我爱你。

别难过，因为你伤心我会痛。我已经重新开始，你也应该这样做。我是被祝福的，因为我只记得曾经享受到无条件的爱。

你要和别人说我的故事，告诉别人你有四个孩子。当你讲我的故事，请说，我活了十年，现在我跟天使在一起。

我能听到你说话，你离我很近。以后，我会继续——在适当的时候，在天上等待和你重新联系。我可以在这里等一百多年。我很快乐，很平静。

所以有时候在晚上，请在你的头脑中和祈祷中跟我说话。哭可以，但不要为我哭泣，我很平静。不要说"对不起"，因为没有什么好遗憾的。告诉我，你爱我，我怎样才能帮助你。总有一天，很久后，我们还会在一起。我是你的天使！

谢谢你为了让我和你在一起所做的一切。我爱你！

（我表达爱你是用了一种特别的方式。是以我们之间说我爱你的方式表达的。）

Ronny Hei

记录于 2019 年 7 月 20 日 新泽西

你们知道吗，当我再一次看这段文字的时候，我有多么的心碎，伤心的感觉不停地涌上来。我掩面哭泣，泪水冲刷眼前的景象，又显现出姐姐的样子。

压也压不住的思念……好想你，舒怡。

即使姐姐已经离开我们四年了，这种思念也不会停止。Ronny 记录的，不是一个普通的梦。对于这个异象的坚信，并不是作为父母的执念。只有和她走过这十年的我们，才能读懂这每一个字。回味她说的每一个字的分量，那些经历、那些夜晚、内心的绝望、经历生死后升起的信心，是什么样美妙的缘分让我们遇见了你，我的舒恰。

我鼓起勇气，完成姐姐的愿望，说她的故事，说她和我们的故事。

代码 00 的黑先生

2004 年 10 月 2 日，我和黑立德相识七年后，从男女朋友晋升为夫妻。从 1997 年我们第一次在《五星奖》的录制现场相识开始，经历了我去中央电视台工作的异地恋，再到我 2002 年辞职回到上海后真正的相处，我们的爱情一直都排在我的事业之后。所以，我们之间也就没有那些情海浮沉的桥段和狗血的爱恨情仇。和他稳定的亲密关系给我持续带来安全感。这种夫妻关系中最宝贵的信任、支持，也经受住了二十年现实婚姻的打磨。我们彼此都认可，此生的相守是幸运的。

他祖籍河南，九岁时全家离开台北移民美国。在 USC（南加州大学）读完金融专业，1996 年便和家人回到了祖国。那个时候，他父亲已经退休，和他母亲选择在上海享受晚年生活，

166

他哥哥则留在美国工作。我认识他的时候，他正在百胜集团任职，具体做什么不记得了，但是每次听他说加班都能吃肯德基。

我们初次见面，是 1997 年的 6 月 25 日，我记得很清楚，因为两天后是大二的期末考试。我们录像都在周末，他和朋友来录影棚看热闹，见到我在台上时，突然想起前一天在电视上见过我主持的节目，心生好感。

当天，他绕了好大的圈子约我吃饭。我最不喜欢应酬，不爱结交朋友，整个录像期间拒绝了好几个他找来的"说客"。最后，是我当时的搭档王梓说和我一起去走个过场，我才勉强答应，但还是表明吃完就走，回来还要准备考试。

这顿饭的经历，现在我俩还会互相调侃。那个餐厅，是当年很有名的虹桥小南国。我一路冷脸，听他们聊那些有的没的，一心希望快点结束回去复习。我正百无聊赖，突然，服务员捧着一个半张桌子那么大的盘子给我们上菜。我好奇什么菜会用这么大的盘子。记得当时所有人都很好奇，伸长脖子看盘子里到底是什么。

原来是大王蛇！整整齐齐码了一大盘。大家都很兴奋，纷纷不顾谈得正热络的话题，都拿起了筷子。我也吃了好几块。

后来我问他，干吗第一次见面就这么下本儿？他说，不是他点的菜，被自己的朋友狠狠宰了一刀，结账时咬着牙花了上千。1997 年，吃顿饭上千，对我们来说都是天价。饭后，我们礼貌地交换了呼机号，各回各家了。

一周后考完试，我们放假了。我并没有很快接到他的电话，这个人也就被我忘记了。

　　一天晚上，我接到一个呼号，备注的姓氏是00。00就代表是百家姓以外的代码。我回过去，问他是谁。他回："我是Ronny。"我说不记得了，他说就是小南国一起吃大王蛇的。我一下子想了起来，好奇地问："为什么你的备注姓氏是00？"

　　他说，因为他姓黑。

　　我和黑先生的故事就从这个电话开始了。我们聊到了凌晨4点，之后这样马拉松式的电话聊天就成了我们恋爱的一种模式。他的声音很好听，我最初就是被他的声音深深地吸引，舍不得挂上电话。他很有礼貌，有家教，从不开不合宜的玩笑调节气氛。他说话实在、真诚、善良单纯。更多的优点，是我们有了孩子以后我才发现的。

　　因为成长背景和空间里所有因缘都不同，每个话题对我们彼此都是新鲜的。他是一个非常开放的人。开放不是指生活方式，是指他的接纳度很高。在他眼里没有那么多不能接受和过不去的点。

　　我们认识的时候，我住在学校的宿舍。有时候，中午我们也想见上一面，他会打车来学校。他穿着笔挺的西装、雪白的衬衫，和我坐在长条凳上吃一顿几块钱的午饭，和当年上戏漆黑的食堂格格不入。

　　学校食堂的饭菜口味不过如此，但是每次他都能吃出海外游子寻回记忆中味道的感觉。邻座戏剧学院的艺术家们，都会对他侧目——哪里来的俗人？

他倒从来不觉得尴尬。吃完，手上挽着西装和我并肩在学校遛弯，正午的阳光照得他的白衬衫更扎眼了。

这些事对他来说，他都能接受。但是有一次，他对一件小事的不接受，着实把我惹恼了。或者换句话说，我知道了他的底线。

一次，他约我和他球队的朋友吃晚饭。我一下课，急急忙忙放下书包，就到华山路校门口和他会合。他远远看到我跑过来就表情异样，等我走近，他问："你就穿这个去？"

我低头看了看自己，一件 T 恤，一条帆布短裤，一双凉鞋，没什么不妥。

"对啊，有问题吗？"我一边说一边朝餐厅方向迈步。

他跟在后面，一路支支吾吾："这个不合适，你还有没有别的衣服？"

我没当回事，继续往前走。餐厅不远，很快到了门口。他突然站住说："你还是不要进去了！"

我一下子愣住了，停了几秒回头直视他："什么？"

"你穿成这样，不行，不合适！"他把我拦在门口。

"我一直都是这样穿的，有什么不合适！"我有点生气了，"我也没有别的衣服，你说什么衣服合适？我都到门口了，你确定不让我进去？"

他低着头，不回答我。

僵持了一会儿，我最不喜欢这种黏糊劲儿，甩头就走。他并没有追上来。

我一路气得饱饱地回到宿舍。8点多，我听到楼下传呼室叫我，说有访客。我让室友帮我看看是不是他，如果是就不见。

过了一会儿，寝室的窗口下传来他叫我的声音，"萍萍……萍萍！"

我没有理他。

接下来几天，就是送花，堵门口，写道歉信。他中文没那么好，平时都是打字。但是为了表示诚意，他在隔壁茶室问老板娘借了《新华字典》，给我写了很长的道歉信。

磨着磨着，我也就消气了。

伴侣之间若想拥有美满的亲密关系，关键就在于彼此拥有安全的情感连接或者安全感。同时这对双方来说，也是极大的力量源泉。如果Ronny没有绞尽脑汁以示诚意，没有积极地以各种方式示好，那我们刚刚建立的亲密关系很容易就会消失殆尽。

恋爱的时候，这种有钱难买我愿意的执着，常常是一种价值的交换，是互惠的结盟，是一场打打闹闹的游戏。你爱我，我也爱你，我们在一起的时候，彼此需要、彼此欢喜。

恋爱时，一句"我爱你"，能让人遨游天际；而一句"我不再爱你了"，却能让人瞬间坠入谷底。这都是爱情游戏。但是进入稳定的关系或者成为夫妻，那这种执念的动力就会经受多维的考验。很多亲密关系在一次次的冲突中，陷入了"情感的饥渴"，失去了对彼此的安全感，走着走着就走散了。舒怡是我们夫妻珍爱彼此的纽带，我们也许想过放手，但是行动上却把手握得更紧。

自从那次冲突后，我知道他包容的背后也有底线。比如，平时他很注重自己的形象，不同场合的着装要求是他很在意的事情，这是天生的气质表现。这是他的优点，因为我的成长环境没有对我的着装礼仪有要求，自然我也缺失这样的素养。这二十多年，我从他身上学到了很多的"得体"，当然，有时他也会被我调侃过分矫情。

我后来经常说："我从来都没有的偶像包袱，你倒是抱着不肯放。"

相比我的刻板生活经历，他的生活方式是那么自由和随意，令我羡慕但又不可触及。我羡慕他的生活方式，但是我永远都不会尝试。我们是完全不一样性格的人，彼此人格互补。

另外还有很重要的一点，让我又爱又恨——他不知道我主演过一部很受欢迎的电视剧，他不知道我主持的节目收视率很高，他不知道我很受关注。他对我的过去和现在一无所知，就算他知道我是一个主持人，对他而言这也只是一份工作，没什么大不了。我很喜欢他的"无知"，这样我们彼此都很自在。

当然，另一方面，我在他面前也就刷不到名人的存在感。到今天还是这样，他从来不会和别人聊我和我的职业，这样反而让我更尊重他。

不知道是幸运还是遗憾，我的恋爱经历就是这样了。我也很向往韩剧里的浪漫爱情桥段，各种轰轰烈烈的情感纠葛，在跌宕中痛快体验。二三十岁想经历的情海浮沉得不到，人到中年回头看，我躲过了多少劫难。

我是典型的天蝎座，外表冷漠，内心也不火热，舞台用尽了我所有的热情。因此，我生活中很难和别人亲近，最爱独处。也就是他，傻傻地闯了进来。在后来的七年相处中，他竟然都没有遇到对手。这是我的失败，他的成功。

2004 年，我从央视辞职，最后留在上海电视台，他也从美国的投行被派回上海工作，我们到了谈婚论嫁的阶段。他和他的家人不着痕迹地试着和我聊结婚的话题，我都没有回应。

当时，我的工作非常忙，工作机会应接不暇，正是事业的上升期，虽然结婚不会影响我的事业发展，但是，当时我一心只有工作，觉得结婚可以再等等。我父母也觉得，虽然 Ronny 各方面条件和我都般配，对我也很好，但是真的要结婚，他们也犹豫，让我想想是不是要做这个决定。

一来一去，我就更觉得不甘心，想再等等，再最后看看。这种小心思，大家一看都明白。拖了好几个月，Ronny 就说，要不我们先分开一段时间，如果大家后面还觉得有必要在一起，那就结婚。他对我的感情是没有犹疑的，这次分手是因我的不甘心而起。我觉得也挺好，马上同意了。

分手的感觉还是很不习惯的，很快我就体会到失恋的痛苦。

那滋味不好受，这也是我自作自受！我没有回头，也想进一步确定自己是否非他不嫁。

时间是把利器，经得住时间考验的爱情，会让我更有安全感。同时，我心里确实对婚姻有恐惧，对新生活有些不知所措。我们没有尝试同居。对于今天的成年人而言，婚前同居是很普遍的现象，但是，在我们那个时代，我们的家庭教育、恋爱观念，让彼此都认为只有结婚以后才可以住在一起。我现在也认为，办完婚礼后双方搬入两个人的新家，才是婚姻开始最重要的仪式。

我对未来生活的恐惧，什么时候才能想得明白呢？谁不是跳进去以后才开始真正修炼？心猿意马、异想天开，都不如积极地体验。当时我并不懂这些道理，越想越不明白，反而更糊涂了。

与此同时，我对他的思念倒是与日俱增。爱情真的是一种奇妙的化学反应。分手后，偶尔参加和他有交集的活动，望着他离去的背影真的会心痛！但我还是无法做决定，只能熬着。

Ronny一家是虔诚的基督徒，每周都会参加主日。我和他分手后，他妈妈约我去参加主日聚会，说有很多教会里的姊妹遇到过恐婚的问题，可以听听她们的经历，也许对我会有帮助。我也确实想求助他人，希望情绪得到疏解，问题得到指引。

去了几次，听到很多美好的经历。有一位姊妹说，她在决定是否要嫁给她那位之前，反复祷告，希望得到"神"的带领，并直接问"神"要答案——如果见面时，这位弟兄拿的是红玫瑰，那就嫁他，如果不是就放弃。

现在听上去，这个经历就是当事人迷茫犹豫，自己判断不了，让"神"给答案，太不靠谱了。但是，看着她和她先生一起站在我的面前给我做这个"见证"，我真的信了，我完全认同她的做法，并且准备效仿。

我开始尝试向上天祈求，给我一个答案。有时候，想起来就会自言自语试着和"神"对话。但是，从来没有得到过回应。我也不知道如果"神"要回应，会用什么方法。我想，不要难为"神"了，我也来个红玫瑰啥的，可以得到明确的答案。但是，我们都分手了，也碰不到他，让他买玫瑰也不现实。左也不是右也不是，一拖又过去了几个月。

有一天，我录完《娱乐新天地》回家，傍晚六点的沪闵高架堵得死死的，我一边忙着一脚离合器一脚油门，一边嘴里又开始不停地问"神"："到底要不要嫁给他？他真的是我要嫁的人吗？"车轱辘问题在我嘴里不停地倒腾。

高架从徐家汇一路堵到顾戴路，终于畅通了。我正准备下高架，突然听到一个"男人"的声音，很稳重、很坚定地说："不要再问了，就是他！"

天哪！谁在说话？我脑子发蒙，大脑一片空白，起了一身鸡皮疙瘩。说实话，我都怀疑自己是不是幻听了，但是，我确实清清楚楚地听到了。

靠着老司机的娴熟技术，我下了高架把车停在路边。缓了缓神，拿起了手机，打给了 Ronny。

我告诉他，刚才在高架上，我又走流程一样地问那些问题，但是这次真的得到了答案。

我不知道他是不是"神"，之前没有这种经历。但是，我确实听到了，真真切切。

他问："答案是什么？"

我回答："他让我不要再问了，就是你！"

本以为他会很激动，表示我早应该做这个决定，我们就是天作之合；或者，他为我听到了"神"的指示而感到惊讶。不料，他很冷静，听完我语无伦次的描述后，说："要不要现在就见面？"

太酷了！现在想想，都会被他帅到。

后面的事情就顺理成章，求婚、领证、办婚礼……有了我们自己的家。

我俩发生的一切，都是美好的，没有什么瑕疵。婚后，我也确信，和我说话的那个"神"，没有骗我。

长长睫毛的咪咪

2008 年，我怀孕了。孕程很令人煎熬。浑身不舒服，一直吐，胃口不好。因为是第一胎，特别小心，也没有经验，真的是一切照书和孕期App（手机应用）上的标准来。

那时候，我的反应太大了，很早便暂停了工作，在家休息。但是，越休息越不行，在家反应更大，五个月了我还在孕吐。天天哪儿都不舒服，后期都是坐着睡，因为心脏需要负担两个人的供血，躺平就胸闷喘不上气，真难熬。每天都希望这样的日子赶快熬过去。

想到宝宝出生的日子越来越近，我心里才会暂时忘记身体的各种不适，忐忑又兴奋地想象她到来后的生活。按照App的指示，我在预产期前一周就准备好了待产包里所有的东西。朋友们陆续来探望我，送宝宝的东西也堆了半屋子。万事俱备，就差宝宝了。

10月12日半夜，我开始宫缩。没有经验我也知道这是产程开始的信号，因为疼的那个劲儿实在太特别了。我们不敢耽搁，他联系医院，我最后确认待产包的东西。我们忙乱而兴奋，直奔医院。

到了医院，办好所有手续，不疼咯。医生说，第一胎产程长很正常，让我留院随时注意胎动。

第二天，还是没动静，医生建议我们出去走走帮助生产。我俩去了田子坊，好好吃了顿大餐，回来随时准备迎接这场考验。一晚上过去了，还是没有动静，我俩也没了方向，新鲜劲儿有点过了，想回家等。

第三天早上，查房医生说，今天生了吧！中午就打催产素，拖太久不好。我们当然听医生的，乖乖等着。上午我还嘻嘻哈哈，打完催产素，我就笑不出来了，疼得我直哼哼，没想到这么疼，浑身都疼！灵魂都疼！

生产的过程还是顺利的，看着放在我怀里的这个小东西，刚才的疼就忘了。我们初为父母，欢喜得不行。我的爸爸妈妈、公公婆婆都来看我们，和小宝宝合影。这些就是怀孕时我想象的场景，全都实现了。

她出生时重六斤左右，虽然是标准体重，在我看来，却是这么的小。她浑身的皮肤是透明的粉红色，嫩得我都不敢碰。虽然她眼睛还没睁开，但是长长的眼线和又长又翘的睫毛，注定她有双美丽的眼睛。她声音又细又轻，让人心疼。每次饿了，她哭的声音都好像一只小猫在叫。

我就给她取了一个小名"猫咪"，有时也叫她"咪咪"。

我俩会时不时地围在她的小床边，静静地看着她，她是我们的一个奇迹。

有了孩子，时间一下子就不够用了。每两小时一顿奶，再换几次尿布，一天就过去了。我是个追求完美的人，在照顾孩子方面虽然没有经验，但还是力求亲力亲为。出月子以后，月嫂就建议我给咪咪加奶量。

她喝得很快，但是刚喝完，"哇"的一口就全吐了。我们不知道为什么会这样。月嫂和我轮流换手，生怕是喂养手法差异造成了她的吐奶。本来我的母乳就不够，需要混合喂养，自从她开始吐奶后，我一着急奶就没了。我很懊悔，不能给宝宝吃最有营养的母乳，但是想到这样我就不用因为养奶老是要休息，要吃这个吃那个，可以一直陪在她身边，也就不那么纠结"亲喂"这件事了。

每次喂奶成了我们全家最大的难题，喂了就吐，吐了再喂。好不容易，有一顿喝完没有马上吐，我们正在庆幸，想起身给她拍个嗝，不料就一下，她连嗝带奶又吐了，这一顿又白吃了。我和 Ronny、我妈，没有办法穿一件好衣服，在家都是穿旧的卫衣、T恤、大背心，因为身上每天都是咪咪吐的奶。吐出来的奶还特别难洗，洗不干净就是一股馊味。我们分工，一个喂奶，一个随时准备擦地上吐的奶，一个随时准备洗衣服。家里天天和打仗一样，大家都高度紧张。我和 Ronny 下了班，第一件事就是换衣服，然后赶快替换一下我妈和月嫂。只有我们知道彼此的辛苦。

当时，Ronny 的幼儿园工作特别忙。还好，打仗亲兄弟，上阵父子兵，黑家的男人一个也不含糊，把幼儿园办得有声有色。我们家只有一个孩子需要照顾，而幼儿园几百个孩子的生活、学习、安全都不能出任何的纰漏，这是多大的责任啊！他的压力可想而知。感谢我公公和从美国回来的 Ronny 哥哥 Michael 的帮助，以及他们给予咪咪的爱。

我的公公是一个积极乐观的人，也见过大世面。除了精神上给我们鼓励以外，当时已经退休的他，再次回归职场。学校的事情，他和 Michael 替我们扛了很多。很多时候，我们在外地求医，重要的会议无法参加，当时的网络会议还没有这么成熟，都是我公公替 Ronny 去参加，结束后大家再电话沟通。

很庆幸，公公以他的智慧和稳健，为学校的发展立下了汗马功劳。我们作为晚辈，也从他的身上学到了为人做事的格局。由于他们的努力和坚持，我们的蒙特梭利幼儿园很快做出了口碑。咪咪生病的这几年，也是学校发展最迅速的阶段。

我们都在以不同的方式成长。除了学校的事务，我在电视台的工作，也因为休完产假全线恢复了正常。一周的录像都排得满满的，人在外工作，心里还惦记着家里的孩子，就担心咪咪的喝奶问题。

打电话回家，听到咪咪这顿吃得好，我瞬间就可以加满油；如果听到我妈含糊的回应，便猜到这顿又全吐了，马上情绪就变得糟糕透了。

但是转身上台，我的脸上不能有一丝痕迹。镜头前我不能意志消沉，必须全神贯注，台上任何一个闪失，都会造成无法弥补的后果。

我们心里很清楚，谁都不会为你的艰辛买单。没有人愿意同事把自己的生活问题带到工作环境中来，影响大家。大家的生活都不轻省，我们的苦只有自己受。因此，我没有和其他人表明过自己的困境。

我此刻体会到的工作、生活压力，和以往完全不同。有几次我下班回家，看着 Ronny 在给咪咪喂奶，眼睛累得都闭上了，但是嘴里还在和咪咪说话，温柔地带着笑意。他抬起头看见我回来，我脸上带着厚厚的妆，因为穿太久高跟鞋，脚肿了，一瘸一瘸地走过来抱孩子。看着疲惫不堪的彼此，以前穿着白衬衫的潇洒少年，梳着马尾巴的红衣少女，都长大了。

很快，我们和咪咪都瘦了。最初，Ronny 很担心我会因为咪咪的情况产后抑郁，但幸运的是我并没有。也许是因为心里始终都在想着如何解决问题，没有消耗太多的时间在自己的情绪上——生活并不容我有时间抑郁，不是吗？

我带着咪咪去儿童医院做了检查，验血、X 光、B 超。这一系列的检查走下来，我和孩子都累得不轻。看着和我一起排队的其他妈妈和宝宝们，我心里暗暗发愿，希望他们都能快点健康起来，希望妈妈们都不要那么辛苦。

检查结果显示，咪咪的贲门发育不良，所以吃完奶胃部一蠕动就会造成吐奶。当时，她的胃食管反流是很严重的，胃酸已经开始灼伤咽喉。我问医生有什么治疗方案，医生表示要解决这个问题只有手术，但是现在孩子太小了，做全麻手术是有风险的。

那只有改变喂养结构了。而且经过检查，咪咪已经出现了营养不良的表现。这样下去会影响她全身的器官发育。我一听，马上抱着孩子，又去挂了营养科，请营养师指导喂养。

孩子不生病不到医院，真的不知道医院每天要接待这么多存在各种问题的儿童。我们等了很久，又不敢给咪咪喂奶，怕在医院里吐一地，给医生、护士添麻烦。但是，眼看这一天我们和孩子没吃啥东西，都扛不住了。终于见到营养师，她建议我们给咪咪的奶里加米糊，让奶变厚，这样能多留点东西在胃里，然后少食多餐。我们一听，像接到了圣旨，立刻执行。离开医院，上了车就给我妈打电话马上熬米糊，在车上喂的奶还是吐了一车。

吐奶的问题还没有彻底解决，新的问题又出现。因为反复喷射性吐奶，咪咪开始出现肺部感染，形成吸入性肺炎，一个月有半个月在感染。

我们决定去香港。Ronny 的朋友推荐一位香港的儿科专家，期待她有更积极的治疗方案。从咪咪六个月开始，我和 Ronny 每个月飞一次香港，住在医院附近的酒店做各种检查，等各种报告，讨论各种方案。等待的过程中，我们两个轮流陪夜，不知不觉加入了异地看病的队伍。

在中国，村里的去县城看病，住在县城的旅馆；县城的去小城市看病，住在小城市的旅馆；小城市的去大城市看病，住在大城市的旅馆。能住得上旅馆，是幸运的，但也是短暂的选择，因为异地就医的经济压力和恢复健康的遥遥无期，让人无法全身而退。我们很多次见到睡在门诊大厅里的陪护家属天天吃泡面的场景。所有的奔波、等待、委屈、隐忍、坚持，都是为了家人能健健康康回家。每个人都竭尽所能，不断挑战自己能力的极限、资源的极限。

如果说我是一个很坚强的人，那 Ronny 真的是一个很包容的人。我面对需要解决的难题从来不退缩，像块钢板，坚强而有力。而他的处理方法和我不同，他接受，然后处理问题，没什么看得到的情绪。

有时候我觉得我们应该表现出悲壮，但是他总是淡淡地觉得这就是过日子——饿了就吃，累了就睡，有问题就处理。在求医这件事上，他没有在我面前表露过任何的焦虑和不安。我相信，如果他做心理咨询，心理健康指数肯定比我高。

但是，我从别人那里听到过，我不在时，有几次他都情绪失控了。

她握紧了拳头

一次在香港，医生要给咪咪做骨穿刺，目的是检查基因排序，担心她是否有基因突变的可能，才造成器官发育的问题。我和 Ronny 挣扎了很久。我们没有体验过骨穿刺，但是我生产时打脊柱麻药就疼得要命，何况咪咪这么小，骨穿刺的针比她的小手指还要粗。但是，我们当时迫切想知道答案，也希望能找到病因，对症治疗。

反复评估后，我们还是决定做这个骨穿刺。

取样本的过程记不清了，也许是我刻意忘记。我记得咪咪很配合，虽然疼得身体直扭，但是看得出她在努力配合。我心疼得不行，一边流眼泪，一边把脸埋在咪咪手里不敢看。Ronny 用手按住咪咪，保证取样顺利完成，快点结束这一切。

医生和护士带着样本离开时，他反复叮嘱一定要保证运输安全，因为样本要空运到美国的实验室，香港做不了这个检查。一堆人走出病房，咪咪累得闭上眼睛想睡觉。我给咪咪和自己擦着眼泪，盖好被子安慰她说："咪咪真棒！我们做完了，等报告出来，我们就有方法治病了，以后再也不用受这样的苦了。"

看着她睡着的样子，那一刻，我和 Ronny 都觉得，作为父母，我们是如此无能为力。报告要六周以后才出来，我们第二天就回到了上海。

六周后，按计划飞到香港，住进医院听报告。Ronny 把我们安顿好后，就去找医生问报告结果。过了很久，一个我们熟悉的护士跑了进来，一个劲儿地给我们道歉，说是他们的失误，让我们不要投诉。由于她说的是不标准的普通话，我听一半猜一半。

她反复说让孩子爸爸不要生气，因为他现在正在医生办公室发很大的脾气。过了一会儿，Ronny 和主治医生走了进来。

我感觉到他身上愤怒的情绪，像一个密度极高的气球包裹着他、主治医生和护士。他低声对我说："你出来一下，让护士看着孩子。"我感到了气氛不对，和他们走到了一个小会议室。一坐下，我就问："咪咪的检查结果是出了什么问题吗？"

医生一脸抱歉，吞吞吐吐地说："那倒不是。"

真相原来竟是样本出了问题，运送过程中没有保护好，样本到达美国实验室的时候没有达到检查标准，没有做成这次排查。

我一下子就急了。这些情况为什么到现在才告知我们？为什么没有通过邮件同步这些信息？这是医疗事故，对于一个这么小的宝宝，采样一次多痛苦啊！

医生说，没有提前告知的原因是，等我们这次来复诊，他们将免费帮我们再做一次骨穿刺。

再做一次！我气得脑门充血，真想生吞了眼前这个人。

她的隐瞒、欺骗只有一个目的，把我们骗过来当面告知，安抚我们不要投诉医院，因为这样的医疗事故对于医院是抹不去的行业污点，一旦进入医生的档案，也会影响她的职业生涯。一旁的 Ronny 握紧了拳头，低着头，喘着粗气，我觉得对面这个人随时都会遭殃。

但是，他忍住了。后来我问他，要不要投诉，他说，现在咪咪还在医院等待其他的检查报告，并治疗肺部感染，不能撕破脸。我俩只能生生把这口气咽了，不得不低头。

这是他因为咪咪的事情发脾气发得最大的一次。

在香港做了几个月的检查，所有的报告都没有异常。但是，咪咪还是在吐奶，虽然改变了饮食结构，也并没有缓解她的问题，反复的肺部感染让她的身体非常虚弱。体重和身体指标都不达标。医生建议我们考虑给她做手术，希望只是贲门的发育问题。我们没有想到，一个吐奶的问题后果会这么严重。

我们开始给咪咪提前吃辅食，大量减少奶量的摄入。但是，她还是吐，而且不管吃什么，水果、米糕、蒸蛋，她的表情都非常痛苦，拒绝进食。

有一次，咪咪的呕吐物里有几个血块，我们吓坏了，赶快发邮件给香港的主治医生，向她求助。同时，我们也询问儿科医生朋友，到底是什么情况。上海的医生解释，这个问题并不严重，就是胃食管道反流灼伤咽喉，再加上反复的呕吐造成了食道出血，而且都是血块，说明就是陈血，伤口应该已经恢复了。

我们刚松了一口气，就收到了香港医生的邮件，给了我们重重的打击。

她在邮件里表示，请我们以后不要再发邮件或者来香港看病了，她没有能力处理这个问题……

什么！我惊讶地看着电脑屏幕，我们没有放弃，医生倒放弃了！

我和Ronny都无法理解，这位医生为什么用这种方式放弃对咪咪的治疗。是咪咪真的无药可救，还是她已经失去了耐心？不是说医者仁心吗？她的一封邮件，让为人父母的我们，心中升起了愤怒，也有种无助的恐惧。

我始终不觉得咪咪的问题很严重，长大就好了。我想，不就是吐吗，那我多做几顿饭呗。那时候，我一天做六顿辅食，为了保持新鲜和营养，每一顿都现做。如果我上班了，就是我妈来做。一天六顿，不重样。

但凡能想到的好东西我都给她做成辅食，打碎。小牛肉土豆番茄泥、羊肉红萝卜泥、鳕鱼豌豆泥、虾仁黄瓜胡萝卜泥、红薯泥、奶油南瓜汤、蘑菇猪肉泥……我买了很多食谱。

我自己不爱好美食，天生觉得吃饭是个负担，最爱太平饼干加酸奶，可以顿顿吃。自从怀孕再加上给咪咪做辅食，我开始热衷于烹饪。虽然不管色香味如何让人赏心悦目，最后都会被粉碎机打成泥，我还是尽量尝试不同的配菜，上海菜、广式小点心、日料、西餐、蛋糕全部涉猎。现在全家人在家吃饭的主菜也都是由我操刀，儿子们各自都有自己心中最爱的妈妈做的一道菜，就是十几年前打下的基础。这都要谢谢咪咪，让妈妈提前操练。

我这么努力，但还是不能通过简单的喂养改善咪咪的健康状况，吸入性肺炎的发作也没有减少。我们去上海儿童医院又做了一轮检查。儿童很多的疾病和年龄有关，只有过了某个成长的时间段，才能认定功能的缺失。

这次的检查报告有了新的结果。咪咪的吞咽功能发育不良，就是在下咽食物的时候气道没有完全闭合，一部分食物进入了胃里，另外一部分食物进入了气管。我们终于找到了她反复肺炎发作的原因。

遗憾的是，这样的疾病目前无法治疗。这是先天或后天发育的缺陷。医生说，外科手术可以在胃部做一个造口，通过胃管的方式把食物直接送到胃里。

这种方式太痛苦了，以后咪咪可能永远尝不到食物的味道，这会给她的生活质量带来极大的挑战。我们也无法接受自己的孩子以后这样生活。

我们没有接受医生的建议，这次检查只是又找到了一个无法解决的问题。生活又回到了每天喂，每天吐，经常感染肺炎的状况。

Ronny 有一个表亲在美国当医生，是一位很出色的儿童外科大夫。他说如果真的要做手术，那不如去美国看看，目前在这个领域，美国有领先全球的技术。我们也和上海儿科医院的主治医生沟通了很久，看是否有必要长途跋涉带着孩子飞十六个小时去纽约。

医生给出的最后结论是肯定的。贲门和吞咽功能的发育不良，到底是喂养问题还是基因问题，国内技术目前无法判断，也许美国有更先进的检测手段。

因为咪咪的情况，我们在出行前给她买了全球的医疗保险，还好有这个保险……

中央公园里的平行宇宙

下了飞机，我们直接拖着行李就进了医院。当时咪咪有点发烧，医生做了基本的检查后，我们直接住院。

美国的医疗体系确实和中国不同。在中国，看病人人都有机会，就是人多、资源少、耗时长。美国优质的医疗资源都留给了有钱人，医保几乎没有优势。大医院看病倒不用现场排队，全部预约门诊，要想见到医生一面，都要提前几个月做准备。如果是急诊，那就是天价，好像还不能用医保。如果是头疼脑热的小毛病，家庭医生或者小诊所能解决最好，重大疾病那就麻烦了。所以，美国的保险行业非常兴盛。如果光凭我们能带出来的美金数量，恐怕治疗个感冒都不够。

咪咪的主治医生是一位印度医生，她很热情，对咪咪的情况做了非常细致的了解，看了所有之前的检查报告，表示还要重新做一些检查，包括做最新的基因排查。她也鼓励我们要心存希望，一定可以找到解决方案，孩子还小，会有机会慢慢好起来的，不要放弃，我们一起面对。

结束问诊，我抱着咪咪和Ronny走回病房，心里已经没有了来到这个陌生医院的不安感，反而生出了几分亲切，也唤起了些许对未来的希望。

想到拒绝我们的香港医生，我顿时感觉一些人就是很冷漠，作为医生居然会写那样的邮件给病人家属，这是多么残酷的行为！Ronny觉得，每个地方、每个行业都有这样的人。那个香港医生也许说的是实话，她真的无能为力了。

在纽约的医院，咪咪又做了一系列检查。内科、外科的医生多次会诊，最终给了我们一个治疗方案。一次麻醉，两部分手术，做贲门的缩紧手术同时安装胃管。咪咪的主治医生认为，找到病因和解决问题之间，她们团队选择解决问题。一味地找原因而不处理问题，会让咪咪的身体状况越来越差。

长期反复的肺炎使她的肺部功能已经受损，氧饱和度从正常人的水平降到了 95% ~ 92%。我们之前从来没有监测过她的身体指标，一直认为贲门问题解决了，其他问题也就迎刃而解。

不能再等了，对于咪咪的治疗我们一直都很积极。但是在治疗方案上，我们采取保守态度。任何一次侵入性的治疗，对于这个小小的身体都是一次打击。时间可以治愈某些问题，时间也可以让问题更严重。我们和她终究要面对这一劫。

我们当时在美国的处境也很艰难。医疗费是最大的压力，Ronny 从来没有在我面前提过这件事。但是，我知道，保险公司一旦拒绝承保，我们马上会失去所有的医疗资源。还好有之前购买的保险，负担了很大一部分费用，但是，保险公司的审核非常复杂。Ronny 每天，真的是每天，都要和保险公司有一个多小时的沟通，确保各个治疗项目都在承保范围之内。

保险公司的人工热线平台明显人手不够，工作效率低，在线等待时间很长。有的时候前面只有一个人排队，我们听等候音乐也至少要四十分钟。他有时一边挂在线上等待，一边处理上海的工作。一旦接通，他立刻放下手头的工作，对接当天的承保内容。他压力很大，要不停地解释，生怕说多了或说少了都直接影响结果。

我在医院陪夜，晚上睡在儿童病房准备的陪护沙发上，因为术前术后都有很多的检查，还要处理她的肺部感染后才能手术，所以，我二十四小时待在医院。在国外，就算是亲戚也不愿意一直无条件帮你，特别是借住，每个人的私人生活比什么都重要。这就是我到美国后感受到的"人情"。出门了，才更能体会到中国的好，珍惜中国的人情味儿。

在纽约住酒店太贵了，医院在曼哈顿最贵的地段，隔壁的酒店三千美金一个晚上，我们无力负担。试探了几位纽约的远房亲戚无果后，好心的 Marsha 和她的家人给了 Ronny 一个落脚处，位于新泽西州的普林斯顿，距离纽约医院两小时车程以外，但是，我们没有车，他需要每天搭火车然后步行四十分钟来医院。他说是顺便运动，我也清楚纽约的出租车有多贵。

那段日子真的很难熬，因为不能离开医院，我夜夜睡在医院的沙发上，每天吃的是医院配的冷餐，墨西哥鸡肉卷和牛肉卷隔天一换，没有热水，只有用不完的冰块。如果 Ronny 不给我带别的食物，这种冷食我得吃一周。我的窗口是永远不变的风景，太阳升起和落下，对我没有任何的差别。

Ronny 和咪咪成了我最大的依靠，我从未如此渴望过他能一直陪在我身边，什么也不用做，在我身边就行。渴望对方时，出现就是最高级的有效陪伴。

每天都是新的考验。一早医生来查房，Ronny 还没到时，我就要和医生沟通前一晚观察到的所有细节，她和我同步前一天的检查报告，以及今天要做什么。那些日子就像医学院的答辩一样，天天是高强度的单词轰炸。唯一受益的是，我的英语水平突飞猛进，好像听力也开了挂，各种医疗术语和药物名称都能猜个八九不离十。

等 Ronny 一到，我交接一下后就在沙发上补觉，因为夜里我几乎没法睡。一方面担心咪咪叫我听不见；另一方面，儿童病房里孩子们的哭声是最有穿透力的。我长年为女儿陪夜，落下了神经衰弱的毛病，睡得特别浅，有点声音就醒。他在身边，我就可以踏踏实实地睡了。

两周后，医生确定了手术时间。我们做好了一切准备，希望手术后会有一个健康的咪咪。上午九点，咪咪被推进了手术室。这是个微创手术，并没有太大的危险。但是因为她肺功能的问题，医生担心全麻后引起呼吸困难，所以我们签完了一堆的术前风险告知书，之后就在手术室门口坐等。

护士告诉我们咪咪上了麻药已经睡着了，手术至少两个小时。我在手术室门口站了十分钟，转身对 Ronny 说，我们出去吃顿饭吧。他很惊讶，以往我都是在咪咪身边寸步不离，如果他提议让我出去走走，我都会拒绝，没想到这时候我会提议出去吃饭。

他当然很高兴，问我：为什么想出去？我回答：咪咪在里面这么努力，我们也不能消沉，要和她一起积极地面对。

我俩手牵手，终于一起走出了医院的大门，第一次穿过曼哈顿的马路，朝中央公园走去。

离医院只有几百米的纽约中央公园，绿草地，小池塘，桥上桥下是跑步、遛狗的人，孩子手里拿着冰激凌，青年人毫不避讳地谈情说爱，老年人或坐或推着自己的轮椅慢慢挪步。眼前的景象，让我觉得自己好像来自另一个世界。同样的时空里，我的咪咪现在躺在手术台上。在不同的平行宇宙里，每个人都在自己的生命轨道上前行，既独立又有交集。我突然又沮丧起来，低下头看到此刻阳光下自己的影子，二十分钟前我还在那个充满消毒水味道的房间里，眼前晃动的不是树影婆娑，而是各种不同的吊瓶。

到底应该如何看待时间、空间、生命、命运的关系呢？

如果不是咪咪，我永远不会对眼前的生活有所感悟和反思。命运善待我，我一直认为理所应当。没有生孩子前的几十年，除了读书有点苦、工作有点累以外，没啥让我烦恼的。偶尔在事业上患得患失，我也坚信只要努力，命运就永远会青睐我。我坚信，人定胜命。对于周围的人，我以前看不见、听不懂他们的真实需求。我自认为很正直善良，也一直秉持这样的为人之道。但是，我给予他人的物质和帮助，也是从我的主观认知角度出发的，本质上并没有关心他们内心真实的情感，理解他们面对生活的苦楚。我一直很在意自己的情绪、感受和需求，从来没觉得自己这样的行为是自私的我行我素。这些认知我很早就有，但是，改变认知后的行为习惯，是直到有了自己的孩子后才开始蜕变的。恰巧她又患有我们不知道什么原因造成，目前又没有方法解决的疾病，这才开始让我敬畏命运。

那几年，我被现实打得粉碎——打碎了我的自负、骄傲、盲目，工作和家庭的顺位重新排列。成年以后，我第一次这么需要家庭的支撑，依赖家庭情感的包裹。以前工作中的"血雨腥风"都变得不值一提；而以前一直被忽略的家庭生活，呈现出了对我强大的支撑力。追名逐利的发动机慢慢冷却了，爱，无条件的爱和责任感重新点燃不灭的初心。

"咪咪，妈妈永远都不会放弃你，我会和你一起面对，一起坚持。妈妈永远爱你。"这样的话，每当咪咪睡着时，我看着她天使一样的脸蛋，心中就一次一次地响起。

因为渐渐看清了生活的真相，爱也变得坚定而无畏。爱美好的和不完美的。作为一个一直以独立优秀为人设的自己，我开始重新认知自我。

咪咪这么弱小，她的每一天都需要我们看护。但是，就是这样一个小小的她，带着我们走过的每一步都是彻骨的修炼。

正如《圣经》赞美诗歌里唱的那样："你是医治的神……""我虽然行过死荫的幽谷，也不怕遭害。因为你与我同在……"从表象上看，咪咪的身体在依靠我们的医治维持，但实际上，我们的身心在接受咪咪的带领被医治。她带着我们走出死荫的幽谷，走出无明的黑暗，走向清明的自在。

以前的狭隘、自私、自认为的自由，才是真实的死荫幽谷。

我看过很多的人物传记，采访过很多有智慧的人，希望能找到和自己同频的"偶像"。精英大德们对人生的感悟，起起落落后的顿悟，好像只是他们的人生，可以感受，无法体验。在他们的金句中我没有读出自己的路。路都是自己走的，平行宇宙里的同行人看着彼此的"表演"，每一步走的还是自己脚下的路，需要在自己的经历中等待灵光乍现。感恩咪咪，毁坏了她自己，成就我们。

我被击碎，也在经历重塑。我感觉到自己摆脱了一些无谓的骄傲，开始学会低头，接受命运的安排。我知道拧不过的是"命"，但依然前行，因为相信"运"在当下自己的手中。不同于以前的是，不再是痛苦纠结的执着，而是充满希望的积极，不是盲目的，是目标清晰的积极。我要和咪咪一起，积极生活，要活出对他人的价值。

这样的反思，我从没有停止过。如今我们虽然再也不能生活在一个时空，但是精神不灭，记忆永存。

咪咪种下了种子

回到医院，咪咪手术还没结束。我俩在病房里坐等时，来了一位义工。她说，知道我们从国外来，带孩子看病。他们是一个公益的心理健康机构，义务帮助在医院里陪护病人的家属疏导情绪，维护身心健康，希望能和我们聊聊，看看我们有什么需要帮助的地方。我很惊讶，那时对心理咨询还一无所知，之前住过那么多次医院，还是第一次得到心理机构的帮助。

这位义工，给我们看了她的心理咨询师执照，便耐心等待我们是否需要帮助的回应。我从惊讶到有点排斥，心里由向陌生人打开自己的阻抗，到慢慢思考自己是否真的需要这样一位专业的倾听者。

Ronny 也鼓励我尝试和她聊聊，他说心理咨询、心灵关爱在国外非常普遍。国内认为只有心理有疾病的人才需要看心理医生，但是在世界上很多国家，早就开始给个人或者就某种关系比如夫妻、亲子、师生等提供相应的心理咨询服务，满足普通人的日常生活需要。我确实也很好奇，到底什么是心理咨询，便同意和她聊聊。

她简单询问了我孩子的情况，一开始鼓励我积极地面对生活和眼前的困境。但是，聊了几句后，她发现我是一个坚定而且内心强大的母亲。我告诉她，女儿是我人生的导师，并不是累赘。因为有了她，我们才开始真正地认识生命的价值和意义。也是因为有她，我们看见了过去那个自以为完美的自己是多么渺小。更因为有了她，我们才开始思考要活出不一样的精彩。只不过是什么样的精彩，我还不清晰。

她静静地听着，然后问："你关注过在这段时间如何照顾自己的生活和自己的各种需求吗？"

我苦笑："我们在异乡，又是求医，只想尽快看完病回家，没有想在这里满足自己的各种需求，这不是我现在的重点。"

她微笑着说："亲爱的，这恰恰是你现在需要做的最重要的事。我知道你是一位很勇敢的母亲，你做得非常好。我从你的讲述中，也感受到你女儿带给你们夫妻巨大的力量，孩子的问题不会打垮你。但是，也许你自己会打垮你自己。你需要关注你自己的身体和生活，你的身心健康才是你坚强的后盾……"

她说话时很平静，但是却非常有力量。

在咪咪这件事上，我已经完全忘记了我自己，或者说放弃了我自己，我的所有能量都集中在她身上，自己早已透支。但是，我并没有察觉，还在一个劲儿地加码，认为自己还可以做得更多。

过度的紧张，严重的睡眠不足，让我身上起了很多湿疹。我知道这是自律神经失调的表现，是神经性皮炎的一种。这些都是我的身体给我发出的信号。她的话让我开始把目光转向了自己，听自己的声音，关注自己的健康。

这是我第一次尝试心理咨询，也体验到了这个工作的特殊性，以及它能给来访者带来反思、希望、欢喜的力量。

那一刻因为咪咪种下的种子，今天已经开花。

自从咪咪做完手术以后，她的身体状况发生了很大的改变。因为食物以营养奶的方式通过胃管进入肠胃，所以很快她的体重上来了。身上有了肌肉，人也有精神了。但是，在手术的过程中，她发生了呼吸困难，医生采取了插管的抢救方案。术后，医生明确告诉我们，她需要长期吸氧，才能保证身体器官对氧的需要。体重的增加虽然恢复了她的一部分体能，但是身体对氧气的需求量也增加了。她的心肺功能已经无法恢复到正常人的水平。氧饱和水平是我们接下来需要关注的最为严峻的问题。

什么叫喜忧参半，什么叫祸不单行，我们都体验过了。

这之后，咪咪就完全脱离了正常孩子的生活。去哪里我们都要带着氧气机。有时候，看着好好的，一测血氧不到92%，就要赶快找电源接氧气机。她和我们出行的机会越来越少。

因为心肺功能不足，氧饱和度不好，咪咪不能做运动。虽然体重增加了，但是并没有很好地增肌，体力很差，心肺功能更加得不到锻炼，形成了恶性循环。

我们看了很多家儿童医院的物理康复科，发现这部分的资源匮乏。物理治疗要有效果，有两大必要条件：持续和密集。但是患者太多，有能力接待儿童患者的医院却很少，每天需要做的物理治疗，排期两到三个月才能轮到一次，一次一小时。这样的频率根本满足不了患者的需要。特别是针对儿童的康复治疗，就是和时间赛跑，不容等待。

儿童康复治疗对技术的依赖和医疗条件的匹配要求更高。上海的医疗资源一直全国领先，但是面对全国各地不同问题引发的物理治疗需求，我们明显感到了医院的力不从心，物理治疗师的资源和能力都明显跟不上需求。当时大部分的物理治疗，要不就是中医推拿一派，要不就是运动康复一派。针对0—6岁的儿童康复治疗，只有几家合资医院提供，且收费高，治疗间隔期长。

我们开始到处寻找这样的资源以自救，很快结识了很多有这样需求的家长。虽然大家彼此不相识，生活在不同的城市，但作为面临同样问题的父母，大家都毫无保留地互通信息，抱团取暖，有任何相关的消息都会在群里发布，不会因为资源紧缺而自我保护。遇到了这样一群和我们一样的家庭，真心觉得自己不再孤单，好像大家是同一战壕里的战友，在并肩作战。

整合了多方信息，我们发现在儿童康复方面，中国台湾地区因为受到日本的影响，开展得非常早，治疗经验丰富的同时，很多大学都有儿童康复专业。除了物理治疗，还有语言治疗、感统治疗等等，且都有充沛的人才储备。

我公公在台北生活多年，他的老同事中就有当时还在一线的外科医生。很快我们了解了台湾地区的医疗情况，确实和我们得到的信息一样，台湾地区这部分的医疗资源丰富。但是，我们意外得知，台湾地区的儿童康复治疗同样遇到供需脱节的问题，要评估和治疗都需要提前预约。

反复考虑，我们计划暑假在台北集中做两个月物理治疗，这之前我就按照上海医生的指导每天给咪咪做简单的运动。幼儿园放暑假，我们的工作相对比较轻松，我公公和我妈都可以到台北支援。我需要录像就回上海，孩子交托给他们和 Ronny。当时，台北旅游签证最长入境时间为两周，我和我妈就这样轮班照顾。这时候，最辛苦的就是我妈妈，感恩她对我和咪咪无条件的爱。

在台北时，我们隔天就去医院做一次物理治疗。对于咪咪来说，体力面临很大的挑战。我们都看得出她很累了，但是，需要再坚持一下的时候她从来都不会闹情绪，积极配合所有的动作，医生和我们都很感动。密集的治疗很有效果，咪咪的背部肌肉和手臂肌肉有了明显的增加。能做更多的事，咪咪自己也很高兴。

台北的生活节奏对我们来说很慢，和在美国不同。相比在美国的紧迫感，在台湾的日子更像度假。早上，公公会早起给我们买好早点，我吃完就和 Ronny 换班补觉。中午，我们去吃顿卤肉饭就打车去医院。台北地方不大，消费不高，我们可以实现打车自由。司机都很有礼貌，看见我们带孩子都会帮我们搬婴儿车，调高空调温度。知道我们是大陆来的，会和我们热络地聊聊他们的家乡。我们都很喜欢台北，有家的感觉。两个月的治疗很快在愉快的氛围中度过了。

但是，回上海后不持续进行运动，肌肉还是会出现功能退化的现象。咪咪的主治医生 Bobby 也和我们成了非常好的朋友，他的专业和耐心让我们对他印象极好。全家讨论回上海后如何持续为咪咪做治疗时，我公公突发奇想说："为什么不能邀请 Bobby 去上海呢？"一方面这是对咪咪最好的治疗方案；另一方面，我们自己的幼儿园里也有需要物理治疗的孩子。于人于己，这都是最好的方案。

我们却都认为这个想法不可行，对于 Bobby 来说，这个决定的成本太高了。我公公是个很积极乐观的人，他认为今天的大陆发展得这么好，哪个年轻人不想去上海发展啊！而且我们的幼儿园办得这么好，还是很有吸引力的。

Ronny 对 Bobby 说了这个想法，没想到他并没有拒绝，说可以考虑一下。我们都很意外他的反应。几周以后，Bobby 给了我们明确的答复，他们夫妻一起搬来上海。她太太也是物理治疗师，同时还是语言治疗师，他们当时在同一家医院工作。得知这个消息，我们全家都非常高兴，我公公说的是对的，发展得好就会吸引最优秀的人才。

Bobby 来了后，我们就成立了红杉发展中心，针对 0—6 岁有先天和后天功能缺失的儿童进行物理治疗。在我们每一家幼儿园里，都设立了红杉中心。孩子和家长不需要在路途上奔波，去医院排队、等候，每天都给有需要的孩子设定固定的课程表。孩子可以直接从教室去红杉中心进行治疗，都不需要出校门，这样就避免了孩子和家长的心理压力过大。有些儿童因为年龄小，很多疾病还没有达到确诊的年龄。比如，自闭症当时的确诊年龄是三岁，没有医生的诊断是无法在医院做康复治疗的。但是，儿童表现出来的行为，已经到了需要介入的阶段，那么这个时候我们先在红杉中心解决问题，和时间赛跑。

物理治疗的效果明显没有类似药物带来的副作用，所以深受问题儿童家庭的欢迎。因为大家都知道，越早介入，对儿童发展的正常化越有利！

因为咪咪的因缘，我们在 2013 年成立的红杉中心帮助了几百位儿童和他们的家庭，现在依然每天都在接待有需要的儿童。有些儿童，进入小学和中学后仍然在红杉治疗。虽然他们没有办法彻底摆脱疾病，但是，红杉的大门永远向他们敞开，红杉不会拒绝任何需要帮助的儿童。这是我们和咪咪共同的发心。

世界好安静

因为肺部感染，咪咪再一次住进了医院。这些年来，我们已经习惯了频繁进出医院的生活。所以，这一次我们也一样相信炎症处理后，大家可以一起回家。

医院的陪夜环境我已经非常熟悉，医生和护士也都是老熟人。有时看见我带着妆发来陪夜，还会和我聊聊今天采访了哪位明星。

我怎么也不会想到，和以往一样的一次肺部感染会让她永远离开我们。

她走得很平静，医生问我："要不要抢救？"

我说不用了，她太累了，让她睡吧。我一个人陪在她的身边，静静地坐了一会儿，没有感觉我已经失去了她，没有伤心到哭。这是我和她在一起最安静的一次，她的房间里总是二十四小时开着氧气机，连在手指上的氧饱和度检测仪和身上贴的心率监测仪，总是发出各种嘀嘀声，很吵。我和咪咪都不喜欢热闹，都好静。现在，所有的机器都拿走了，好安静啊！这是我们最欢喜的时刻，有最爱的人陪伴，世界好安静。

我静静地看着她，她好美。丝绸一样的皮肤，透着一点点粉红色。长长的睫毛，依然卷翘。两只小手雪白纤细，指甲修剪得干干净净，轻松自如地放在身体两侧。胸口不再剧烈地起伏，呼吸带来的痛苦已经结束了。我握着她的手，平静地和她说了会儿话。生命好像一下子从容了，我们都很享受这样的时刻。

我告诉她："我现在要打电话给爸爸，告诉他你已经离开了。让他把你最喜欢的衣服和一些东西带过来给你。"

我一手轻轻握着咪咪的手，一手拨通了 Ronny 的电话。

"咪咪走了。"我告诉 Ronny。

他失声痛哭，在电话那头泣不成声。

稍微缓解了一下情绪后，他问我："你还好吧？"

"嗯。"我说不出"我很好"这样的话，简单回应了一下就开始处理接下来的事情。我开始联系殡仪馆，他很快带着咪咪的东西赶到了医院。我们给咪咪擦身，梳头发，和她说话，就和平时一样。Ronny 很伤心，眼泪一滴一滴落在咪咪的脸上、手上、头发上，他心都碎了。我们没有让家里的老人来医院，一方面不希望他们伤心，另一方面这是我们和咪咪最后相处的时间。我们自私地不想和其他人分享。

殡仪馆的灵车来了，Ronny坚持要自己抱女儿下楼，亲手送上灵车。

这是他最后一次抱她的机会。

我知道他很想忍住眼泪，但是，他一路上还是控制不住地抽泣。他的脸紧贴着咪咪的脸，小声说话，一次次地道别。这一路的距离并不近，抱着咪咪，Ronny有点吃力，但是我们都没有加快步伐，我陪在他们俩身边，倒数着我们仨在一起的最后几分钟。

咪咪上车走了。我和Ronny也上了车，这次我们不能和咪咪一起回家了。

咪咪走了……

我心里空空的，好像有个大洞，很深很深的大洞。我体会到了灵魂和肉体剥离的感觉，面对最爱的人离世，我的灵魂已经不知去向，找不到了，就剩身体还在这个世界完成最后的流程。

后面的几天，知情人都来家里设的灵堂和咪咪告别，我们以礼相待，心里却只想自己待着。

我一直睡在灵堂，他们说，人刚走，灵魂都会回家看看或者托梦给家人。我坚信不疑，不敢离开她的房间，有时间就睡，希望能见到她。七天过去了，并没有发生他们说的事。

我没有再见过咪咪——直到火化那天。火葬场，在这里出现的东西都和死亡有关。花圈、骨灰盒、黑衣服、哭声……我和 Ronny 拿着单子，来见咪咪最后一面。这是我们第一次，这么久没有见到她，好想她。

但这次又是永别的会面，感受太复杂了，不敢细想，感觉想多了就会掉进那个很深的洞。我们都控制着自己的情绪，也知道理智是这个时候最重要的能力。过了二十分钟，工作人员给了我们一个盒子，是咪咪的骨灰盒。

我看着 Ronny 捧着咪咪走在我身边，突然觉得，和她有关的一切就这样结束了。我曾经因为咪咪爱过、恨过的人，帮过我们、看我们笑话的人，鼓励我们、嫌弃我们的人，我的那些痛苦的夜晚，我们因着咪咪的所有作为、所有情绪，统统都结束了。

一切结束得这么彻底。没有咪咪，恨的人不再可恨，愤怒也失去了指归。这就是死亡的意义吗？结束，了结？

直到 Ronny 告知我那个梦之前，我都在一个封闭的"盒子"里思考生死的问题。经历生离死别后，对于活着的人都是一种创伤体验。我不知道，下一秒会出现什么。也许在当下开始，也许在当下结束。寿命无常，生死轮回。咪咪的这十年，对于她和我们都非常沉重。

当我明白她在十年的寿命里体验并享受的就是无条件的爱时，我顿悟了。

她生命的结束是我"生命"的开始。我不敢夸大对生命的领悟，只能在自己的过往经历中，细品它真正对我意味着什么。生命是有生命力的，它是活的。身体作为生命的载体可以呈现它的活力，但身体的消失并不意味着生命的结束。

咪咪的生命接下来要在我的身上体现它的活力，积极、乐观、豁达、圆融、韧性。我以前有时也会表现出这样的性格，但是，它们从来都没有被我关注，或者我的意识没有使用这样的能力。咪咪的过世，为我了结了很多过往的纠结，更像我的一次解脱。

她用一生告诉了我：这些特质不仅支撑她的生命，也同样唤醒了我和我们的生命力。因为她生命的结束，我们全然的生命意义才得以开启。这样的因果轮回是多么美好，生和死没有了差别，没有阴阳的相隔，没有二元的对立，也就没有了对死亡和永别的恐惧。我隐隐觉得咪咪用生命换取了我的身心自由。

咪咪：

妈妈写了这些，做的这些，好想听听你的回应。

你可以给我一个梦吗？

……

第十章 无常为常

人生无常。

咪咪让我真正经历了生命的无常。没有人可以预测下一秒迎接我们的是生还是死。只有经历过生死的人，才会敬畏"寿命的无常"。

女儿走后，我没有沉沦在丧女的痛苦中，反而有一种获得新生的感觉。我无法用文字描述这奇妙的"觉悟"过程。咪咪此生的意义，不是简单的生死。

寿命无常，世间又何曾有不变的事物呢？

为应对诸事无常，我们学习各种技能，希望它们能武装我们，来抵御对未知的恐惧。接受无常，不容易，因为总是不甘于眼前命运的安排。我们从小被教育人定胜天，事实并非如此。在无常面前，只有人无力回天的无奈。

巴金《秋》：人生无常，前途渺茫。

汤显祖《牡丹亭》：风无定，人无常。

雪莱《无常》：唉！除了无常，一切都不肯停留。

小聪明

积极是面对人生无常唯一的法宝。

前提是有智慧的积极，不是贪欲控制下的执拗。

什么是有智慧的积极？

先说说什么不是有智慧的积极。这也是我的观点与成功学本质上的不同——

一个是智慧层面，一个是聪明层面。

中国文字无比玄妙。世界上没有哪一种文字像汉字这般，蕴含着如此深刻的智慧和丰富的哲理。

拆字解意，"聪明"，就是耳聪目明。眼、耳、鼻、舌、身是人和外部世界联系的第一层感官媒介，它们获取的信息基本都是表象的。在这个层面上的不断追求，比如操练察言观色、八面玲珑的本事，会让别人觉得你聪明、伶俐，但终究不是智慧层面。

聪明流派使用的励志文字确实可以暂时鼓舞人心，它让焦虑、恐惧的心得到慰藉，就如同听美言、看美物、品美食会让人有好心情一样。这个流派善于投其所好、笼络人心。可惜，安慰和鼓舞情绪的文字，相比现实的无常带来的冲击，显得那么苍白。思绪回到现实，负面情绪又会再次包裹你。

"要应对千变万化的世界，以下几点错误不能犯""学会这几点，你将改变命运""如果你正处在人生的低谷，这几点让你重回巅峰"……聪明流派也善于使用方法论，让人不断追求卓越，激励人人独占鳌头，辉煌一生。只是这些花拳绣腿，根本无法触及面对无常命运的核心智慧。

难道更有钱、更有地位、更强大、更聪明、更灵巧、更优秀、更有能力……获取更多的资源，消灭更多的对手就可以立于不败之地，战胜无常吗？

所有的竞争、争夺只会让你更自私、更孤独、更可怜。

这样的"不懈努力"下，人性扭曲，向着幸福的反方向越走越远。

所以，我们会在聪明前加一个"小"字。

大智慧

小聪明，大智慧。

"智慧"二字触及的层面则完全不同。"智"是上面一个"矢"和一个"口"，下面一个"曰"。有智慧的人都少言，所能言的也都只是知识层面。"慧"是上面两个"丰"，中间"曰"少一竖，是个"彐"，下面是个"心"。语言无法穷尽的丰富内心是慧。

得到智慧靠悟，实践智慧靠行。

顺服是一种智慧。

老子说"人法地，地法天，天法道，道法自然"，人是宇宙

208

的四"大"之一，更要遵循自然的规律才能长久。生老病死是生命的无常，春去秋来、花开花落是自然的无常，万事万物都在无常中生生不息。所以，寿命无常，万物以无常为常。

顺应无常便是智慧。

无为的积极

积极与无为，也是智慧。

前文中我说过，我命由我不由天，我们要做自己生涯的主人。

生涯决策的核心是自我认知。在了解自己的能力后，制定目标做出决策，而不是臣服于这个时代的价值体系。

积极做自己命运的主人，这和接受世间无常并不冲突。在世间的因上少不了努力，但在结果上不可执着于成败。

如前文所述，世上各种"方法"无外乎是让我们执着于自己。执着在哪里，便在哪里失去自由，内心无法获得真正的欢喜和自由。安慰、鼓励、聪明都无法应对无常，那就需要高维度的智慧和更深层的自我控制。什么是高维度的智慧？什么是有效的方法？如何在无常中安身立命？

我借用一本经书试着说明。

《金刚经》是一本被认为能开启智慧的书。文中强调的"智慧真谛"，必须亲身体验才能感悟，而无法透过文字和简单逻辑推理而得。

我也尝试读，尝试获得"慧"。

有一句话困扰了我很长的时间，我一直不得其解：一切贤圣皆以无为法而有差别。

什么是"无为法"？"无为法"对应的就是"有为法"？什么是"有为法"？差别在哪里？我把这句话写在书房墙上，常看，常思量。

有一天，我突然好像明白了。

这个世界所有的方法和应对之策表面上看各有不同，千变万化，但实质上并没有差别，都是追名逐利、自利排他的世间方法。而一切能被圣贤使用的"无为法"是出世间的方法。因为脱离了这个世界的游戏规则，没有私欲、贪念，这个"法"便有了和世间法的差别。

我确信"有为法"不能解决问题，对应无常。

而"无为法"一定不是停滞的、不作为的人生观。

我从来都不是一个消极的人，所以，积极是我熟悉的态度，让我不积极反而很难。

那什么是无为的积极？

在积极的觉醒中，不被这个世界带着跑。

首先，努力而不执着于结果的得失。放下以前的认知——努力就一定有回报的因果关系，但要确信：不努力，一定一事无成。因果不虚是不变的真理，但是因的开端在哪里，也许因为超出了我们的眼界不得而知。现在的果是否就是最终的果？

也不一定，一切都在发展、变化。这也是无常的魅力。

放下了对结果的执着，在当下积极努力，是智慧。

其次，争取而不强求。放下以前的认知：机会总是留给准备好的人——机会不一定留给准备好的人，但是，不准备好一定无法获得机会。争取的前提，是积极地预备自己，去匹配这个社会发展的需要。预备自己是以让自己内心饱足为目的，而不是要赢了全世界！我们有多少的努力是为了战胜对手而付出的？这种付出毫无幸福感。

人生没有绝对的赢家和输家，但是，一定有过得幸福和不幸福的差别。

同时，积极地抵御过程中不时显现的贪婪，才能坦然接受无常。要发现自己的贪婪，需要明锐的自我觉察，这是人一生需要积极探索和秉持的能力。不再执着于结果中个体的得失，可以熄灭贪欲之火。

所以，积极对抗"有为法"，就是"无为法"的本质吧。

与无常同行，欢喜自在，这就是我理解的智慧真谛。

后记 愿你欢喜

1

在圣地亚哥刺眼的阳光下打开电脑，时差和空间带来的交错感让我有一种莫名的清醒。

距离有利于回顾。我性格天生理智冷静，所以，整本书的写作过程中并没有太多的情绪起伏。落笔前没有万事开头难的拖延，落笔之初没有对无法完成的恐惧，写作过程中没有情难自控，写完之后没有如释重负，修改过程没有遗憾难舍……这是我的性格，文如其人，相信文字上也是显露无遗。

去年，一位朋友建议我出书，从年底落笔写下第一个字开始，我历时半年完成了十万字的初稿。第一次用文字描述诸多想讲述的内容，心中不免忐忑。正迫切寻找智者引路的时候，我想到了路金波。我们虽然都有对方微信，但是这条通道从未启用，彼此在朋友圈相忘于江湖。

"哈喽，无事不登三宝殿，有事请教"，我试探地给路金波发了微信——现在看这个开场真的太过直白，对于那头的回复，我同样忐忑。

他很快回复："……不过我有点恍惚，这个搞教育的吉萍萍（我的微信名）和电视台的有啥关系？"

"那看来我们要见见……"

第二天，在果麦文化的 2040 书店，我们进行了"历史性"的会面。

2

感谢路金波，与智者同行，我受益匪浅。我不仅学习到了文字输出和营销的技巧，书名《世间的因》也出自他的智慧。与他的交谈，让我感受到有能量的人都是愿意给予他人帮助的。

"给"是有能力人的名片。

舒怡"给"了我书写的能力，但是第一轮交稿时并没写"她的故事"。最初，没想在这件事上"敞开心扉"。作为一个失去孩子的母亲，不会愿意和别人分享自己孩子生与死的痛苦经历。

愿意分享的人，都希望得到别人的共情、认可。但是，打开社交网络，一部分人用文字暴力发泄着的愤怒、狂躁、迷茫、消极、嫉妒……不写是我保护自己的最好方法。

马昱超是我大学同学，当年她就读戏剧文学系，我就读电视编辑系，我们是非常好的朋友。毕业后她有多次出书和创作剧本的经历，所以我邀请她做我这本书的顾问，陪我走完所有的写作过程。

她是这些文字的第一位读者，每天晚上十点四十分是我结束写作的最后时间点。隔几天我就会扔给她一段文字。她是夜猫子，常常凌晨三四点给我发来读后感，给了我很多有价值的意见，帮助我架起和读者沟通的桥梁。

从舒怡出生，到舒怡离世，她知道所有细节，当年她也算是我的"心理医生"，与我一同走出死荫的幽谷。关于舒怡的故事，她一开始就建议我试着打开自己，尝试用文字表达，她说这也是一种疗愈。

我认同她的说法，但是，就算只是想想，我都能体会到回忆带来的重复创伤。加上网暴盛行，我评估后认为自己内心不够强大，所以，用足够的理由拒绝了小马的建议。她和我性格互补，温柔而宽厚，非常善意地认同了我的"逃避"。

最后，临门一脚得益于路金波。

他说："这是一件绕不过去的事，如果要让读者理解'感因系统'的创立原因，明白《世间的因》在你身上的投射，并且接受你从一个媒体人转换成教育从业者的身份，就不得不说她的故事。"

为了完成舒怡的夙愿，让我和她的经历成为对他人生活的祝福——苦难就是一种祝福——我鼓起勇气写完了《她的故事》。

3

写这本书最初的目的就是介绍感因系统，感因系统在实操中价值凸显，但是要描述它并不容易。小马形容感因系统就像"活字印刷"，她精准到位地形容了其特点，这个形容也印证了它被文字表述的难度。个人的认知要通过语言让他人认可，需要有全垒打的表达能力。我文字能力平平无奇，这个遗憾也限制了感因系统的推广。

再有，今天大家的知识获取方式已经越来越碎片化，用一本书解读一个理论系统，这样的输出是挑战当下阅读习惯的。最初我并不想过多讲述自己过往的经历，以免本末倒置，但是没有案例的理论苍白而空洞，生涩且难懂。所以我现身说法，用自己的经历说清楚感因的三个维度之间的关系和感因的使用过程。

虽然我已尽力，但相信依然没有穷尽感因系统的魅力和它强大的功能性。

其中的遗憾，反而让感因系统的呈现有了更多的可能性。在完成这本书内容最后的修改过程时，我已经开始思考创作下一本书——感因系统实操案例的合集。

从《世间的因》也同样可以解读感因系统发展的路径。理论为因，实践为果。写书的同时，我开始向外界输出感因系统教育产品。通过更多的实践，使用感因系统的方式方法也得到了同步的更新，从 0 到 1，1 到 2……不断迭代。感因团队服务的人群也越来越多，越来越细分，个人、家庭、学校、企业，成人培训、职业培训……涉猎的人群范围越广，实操中成功的案例越多，我们就越对感因系统充满信心，更信服于它强大的功能。

4

感因系统中有一个理论是"感应"，就是万事万物的呈现都是相应的结果。感因系统的因缘开启于舒怡与我的相应，理论是蒙氏、感统、心理学的相应，出书是我与果麦的相应，最后就是感因系统和你的相应。

感因的目的就是"愿你欢喜"。

不知道感因系统能和多少人相应，也期待你和我因着感因系统相应。

— 全书完 —

世间的因

作者 _ 吉雪萍

产品经理 _ 黄杨健   装帧设计 _ 董歆昱   封面摄影 _Ben（德）   文学统筹 _ 马昱超

技术编辑 _ 顾逸飞   责任印制 _ 梁拥军   出品人 _ 王誉

鸣谢（排名不分先后）

谢彬 丁文君 魏洋 曾勋 缪诗摄影

果麦
www.guomai.cn

以 微 小 的 力 量 推 动 文 明

图书在版编目(CIP)数据

世间的因 / 吉雪萍著. -- 杭州：浙江文艺出版社，
2023.10（2023.12重印）
　　ISBN 978-7-5339-7367-4

Ⅰ.①世… Ⅱ.①吉… Ⅲ.①随笔—作品集—中国—
当代 Ⅳ.①I267.1

中国国家版本馆CIP数据核字（2023）第175005号

责任编辑　金荣良
装帧设计　董歆昱

世间的因
吉雪萍　著

出　　版　浙江文艺出版社
地　　址　杭州市体育场路347号　　邮编　310006
经　　销　浙江省新华书店集团有限公司
　　　　　果麦文化传媒股份有限公司
印　　刷　河北鹏润印刷有限公司
开　　本　890mm×1280mm　1/32
字　　数　146千字
印　　张　7.5
印　　数　31, 001—46, 000
插　　页　4
版　　次　2023年10月第1版
印　　次　2023年12月第4次印刷
书　　号　ISBN 978-7-5339-7367-4
定　　价　59.80元